孙　涛◎编著

下册

古希腊罗马
神话十日谈

［世界名画插图本］

南方日报出版社
NANFANG DAILY PRESS

图书在版编目（CIP）数据

古希腊罗马神话十日谈（下）/孙涛编著.—广州：南方日报出版社，2008.1
ISBN 978-7-80652-704-7

Ⅰ.古…　Ⅱ.孙…　Ⅲ.①神话－文学欣赏－古希腊②神话－文学欣赏－古罗马　Ⅳ.I106.7

中国版本图书馆 CIP 数据核字（2007）第 205222 号

古希腊罗马神话十日谈（下）　　孙　涛　编著

出版发行：南方日报出版社
地　　址：广州市广州大道中 289 号
电　　话：（020）87373998-8502
经　　销：全国新华书店
印　　刷：广东金冠科技发展有限公司
开　　本：787mm×1092mm　1/16
印　　张：13.25
印　　数：1-8000 册
字　　数：245 千字
版　　次：2008 年 1 月第 1 版
印　　次：2008 年 1 月第 1 次印刷
定　　价：60.00 元/套（本册 30.00 元）

投稿热线：（020）87373998-8503　读者热线：（020）87373998-8502

网址：http://www.nanfangdaily.com.cn/press　http://www.southcn.com/ebook

目录

前　言 / 001

第五天　神的报复 / 001

第一章　饿鬼厄律西克同把自己吃了 / 003

厄律西克同砍掉了得墨忒尔钟爱的橡树 · “神女”和“女神”虽然只调了个文字顺序，级别差多了 · “饥饿女神”利摩斯 · 厄律西克同成了“人贩子”，专卖自己的女儿 · 厄律西克同把自个儿吃得就剩下了一副白牙

第二章　变成忘忧树的德律俄珀 / 008

德律俄珀无意中把变化为花的莲花女神掐死了 · 德律俄珀变成了忘忧树

第三章　勒托把讨厌的农夫变成了青蛙 / 009

勒托无立足之地，带着孩子四处流浪 · 勒托把农夫变成青蛙

第四章　公开和勒托叫板的尼俄柏家破人亡 / 012

尼俄柏禁止人们对勒托祭供 · 阿波罗和狄安娜为母报仇 · 家破人亡的尼俄柏变成了一尊石像

第五章　坦塔罗斯的教训：不要骗人，更不要骗神！ / 016

坦塔罗斯把儿子杀掉，做成了一盘菜 · 坦塔罗斯被打入地狱，接受“生死考验”

第六天 “百变宙斯”的幸福生活 / 019

第一章 “天鹅”版宙斯 / 021

丽达与天鹅·叶芝的诗歌《丽达与天鹅》·抢夺留希波斯的女儿们·“双子座”的来历·被罚在地狱中向无底罐注水的达那俄斯的女儿们·波塞冬与阿密莫妮

第二章 “黄金雨”版宙斯 / 035

达那厄与宙斯·蛇发女妖美杜莎·“弱势群体”白发三女妖·阿特拉斯被珀耳修斯变成石头·珀耳修斯拯救安德洛墨达·提香、伦勃朗、克里姆特笔下的达那厄·价值1.35亿美元的世界第一天价名画

第三章 “安菲特律翁”版宙斯 / 050

赫拉克勒斯的诞生·银河的起源·赫拉克勒斯与世界上最早的“正当防卫”法规·赫拉克勒斯的十二功勋·赫拉克勒斯被翁法勒女王修理成了个人妖·赫拉克勒斯差点儿把死神掐死·“花神”的故事

第四章 “乌云”版宙斯 / 073

伊娥与宙斯·孔雀羽毛尾部“眼睛”的来历

第五章 “公牛”版宙斯 / 076

欧洲为什么又叫“欧罗巴”

第六章 “月神”版宙斯 / 079

宙斯变成女儿“月神”狄安娜的模样诱骗卡利斯托·“大熊星座”与“小熊星座”

第七章　“正版”宙斯 / 081

奥德修斯巧计识破男扮女装的阿喀琉斯 · 阿喀琉斯之踵 · 赫拉和宙斯的爱情故事 · 奥林匹克运动会的起源及传说 · 珀罗普斯的故事

第七天　“太阳神”阿波罗和“月神”狄安娜 / 097

第一章　向日葵为太阳神而开 / 099

暗恋阿波罗的克吕提厄变成了向日葵

第二章　卡珊德拉——太阳神的绯闻女友 / 103

第三章　阿波罗与赫耳墨斯 / 106

小偷的保护神——赫耳墨斯 · 竖琴的来源

第四章　阿波罗之子、“医术之神”阿斯克勒庇奥斯 / 109

乌鸦为什么是黑色的 · 希波克拉底誓言

第五章　阿波罗的同性恋伙伴库帕里索斯 / 114

坟墓旁为什么常种植柏树

第六章　琥珀：波罗的海的眼泪 / 116

法厄同：玩火者必自焚 · 日食的原因 · 琥珀：波罗的海的眼泪

第七章　猎户星座的来历：狄安娜与俄里翁 / 118

俄里翁被俄诺皮翁国王刺瞎了双眼 · 阿波罗设计，狄安娜误杀俄里翁 · 俄里翁成为猎户星座

第八章　狄安娜与恩底弥翁 / 122

长达一生的恋爱

第九章　“画说”狄安娜与阿克泰翁 / 125

第十章　狄安娜出浴 / 130

第八天　俄耳甫斯与欧律狄克：人生没有回头路 / 133

“天下第一行吟诗人”俄耳甫斯的爱情 · 阴间地图 · 没钱连个有户口的鬼都当不成，阴间的船夫卡戎“认钱不认人” · 俄耳甫斯被女人们肢解

第九天　奥德修斯（尤利西斯）的故事 / 141

第一章　木马屠城 / 143

帕里斯诱拐“天下第一美人”海伦 · 奥德修斯“装疯卖傻” · 拉奥孔被毒蛇活活咬死 · 木马屠城

第二章　马三立“逗你玩”的希腊版本 / 151

奥德修斯骗独眼巨人说自己叫“没有人”·独眼巨人唯一的一只眼被弄瞎了·独眼巨人波吕斐摩斯与海仙迦拉蒂亚

第三章　喜欢把人变成猪的喀耳刻 / 158

奥德修斯的伙伴被变成了猪·斯库拉是喀耳刻“大变活人”的“作品”之一

第四章　塞壬女仙：别人唱歌要钱，她们唱歌要命！ / 163

奥德修斯冒险听了塞壬女仙们唱歌·塞壬女仙的长相·安徒生《海的女儿》

第五章　珀涅罗珀织物 / 168

奥德修斯的王宫成了个大婚介所·珀涅罗珀织物

第十天　《伊索寓言》中的希腊诸神故事 / 171

第一章　赫耳墨斯的故事 / 173

赫耳墨斯和雕像者·卖神像的人·赫耳墨斯神像与木匠·赫耳墨斯与大地之神·行人与赫耳墨斯·樵夫与赫耳墨斯·赫耳墨斯与手艺人·赫耳墨斯的车子与亚剌伯人·赫耳墨斯与忒瑞西阿斯·哲学家、蚂蚁与赫耳墨斯

第二章　宙斯的故事 / 180

蜜蜂和宙斯·骆驼与宙斯·宙斯与狐狸·驴子们求宙斯·宙斯、赫耳墨斯与人·人与宙斯·宙斯与众神·宙斯与善·宙斯做判官·宙斯与阿波罗·宙斯与乌龟·宙斯与蛇·宙斯与受气的蛇·宙斯和猴子·众神保护下的树·橡树与宙斯

第三章　众神的故事 / 187

赫拉克勒斯与雅典娜·赫拉克勒斯与财神·争论神的人·黄鼠狼和爱神·供神的人·狼与逃进神庙的小羊·老人与死神·孔雀和天后赫拉·狮子、普罗米修斯与大象·普罗米修斯与人·行人与真理·行人与命运女神·宣誓之神·战争与残暴

附 录　名画雕塑索引 / 195

前 言

古希腊在地域上主要包括巴尔干半岛南部、爱琴海诸岛及小亚细亚沿岸一带，时间上基本在公元前12世纪到公元前8世纪。实际上这一时期古希腊还只是一个城邦制的奴隶社会，并没有出现真正意义上的国家，当时在只有几万平方公里的希腊半岛上，竟然有超过200个的城邦。这些城邦多是以一个城市或一个岛屿为中心建立起来的，我们现在把一些城邦的头儿译为国王，其实他们大多只是当时的军事首领。

古希腊最大的贡献就是它的神话传说和艺术。

希腊神话始于荷马，古希腊最早的文字记录就是他的《伊利亚特》和《奥德赛》，一般认为不早于公元前1000年。而罗马神话除了加入些“本土神仙”，其他基本上是照搬希腊的，只不过“入乡随俗”的给神们起了相应的罗马名字，比如希腊神话中的“阿弗洛狄忒”、“雅典娜”、“厄洛斯”在罗马分别是“维纳斯”、“弥涅尔瓦”、“丘比特”。

盲诗人荷马在唱诗

对于中国人来说，除了“杰克”、“汤姆”这些个满大街都是的，老外的名字本来就难记，远没有“赵拥军”、“钱爱国”、“孙国庆”、“李文革”那么响亮明白。遇到有几个名字的神更容易一脑门雾水，我甚至看到有的希腊神话书籍的作者自个儿说着说着就整迷糊的，更别说读者了，我手头就有一本2004年出版的书，在对一幅插图解释时，“朱庇特”居然被说成是“宙斯”的儿子，自个儿成了自个儿的爹！

不知道什么原因，很多译者以及出版社还都特不喜欢用大家都普通接受的通用名，而喜欢乱译，比如“阿弗洛狄忒”就有人译为“阿芙罗狄蒂”、“阿芙萝黛缇”等等；被宙斯变成的天鹅诱引，生了两个蛋的“丽达”有人译为“勒达”；被冥王抢去做老婆的“春神”珀耳塞福涅，有人译为“佩尔塞福涅”，还有人译为“波瑟芬”。这样一来更是把简单的问题复杂化，这一点儿我有切身的体会，刚开始接触希腊神话时，找来了好几家出版社、好几位译者不同版本的译著，我还真费了点儿时间才弄明白敢情“海格立斯”就是“赫拉克勒斯”；“俄底修斯”就是“奥德修斯”，也是“尤利西斯”。

另外，还有些学问比较好的译者喜欢用点儿不太好认的字儿，比如“赫拉克勒斯”，有人偏偏要译为“赫剌克勒斯”，猛一看至少70%以上的人会念成“赫刺克勒斯”，真不知道这个“剌”比“拉”到底好在哪里。

所以咱们这本书首先在神的名字上全部简化，选择最通用、最简单的译名版本，别管希腊还是罗马神话，讲到“维纳斯”时就是“维纳斯”、讲到“丘比特”就是“丘比特”，“阿弗洛狄忒”、“厄洛斯”先放一边，你在别的书上看到时知道是这二位就行了，总之基本原则就是“知名度”高、好记！

另外，在故事的先后顺序上，也是一样，不按资排辈，也不分官大官小，这是另一种意义上的“排名不分先后”，谁在中国的知名度最高谁就先来，从中国人最熟悉的维纳斯、丘比特开始，一点点认识各路洋神仙。

中国神话传说中至高无上的神是玉皇大帝，这位比四方桌还庄严的大神远不像他的西方同行那么花花，从来没有传出过任何绯闻，玉皇大帝“从一而终”，立场坚定不动摇，从头到尾就守着个白白胖胖的王母娘娘过他的神仙日子。最高领导带了个好头，玉皇大帝手下那帮大大小小的神仙基本上也就没有啥作风问题，除了个特有“博爱”精神的猪八戒有一次见四下没神，忍不住调戏了把子嫦娥，其他的神仙顶多就是有点儿贪财、馋嘴这样的小毛病。就算偶尔开小差抽冷子下次凡，无组织无纪律没人管了，也很少会发情，大多都忙着占山为王，以吃人为乐事。

和中国神话传说完全不同，希腊罗马神话基本上讲的就是宙斯家族的故事，在神话里他被称为“众神之王”、“众神之父”，这可是不是名誉称号，实打实的生了一大堆孩子，大神小神们大家伙儿都通过宙斯这根藤，形成了七大姑八大姨的亲戚关系。宙斯风流成性，为了追逐喜爱的女人，不择手段，变公牛变天鹅变金雨，甚至不惜变成自己的女儿！这位大神“变幻莫测”，简直像个“百变星君”，别管是人是神，只要被他看上，绝对没跑！可以说弄清楚宙斯的风流史，对于希腊神话也就知道个七七八八。

有什么样的领导就有什么样的员工，上梁不正下梁歪，宙斯手下那帮子洋神仙个个不是省油的灯，没出过轨的不大好找，而且不分场合不分老小不分官职不分亲疏，一旦看上立刻下手！今天冥王抢了自己的侄女儿当老婆，明天爱神维纳斯和战神搞婚外恋被火神老公捉奸在床。

马克思在作品中很多次提到希腊神话与艺术，他说那是“历史上人类童年时代”的产物，“作为永不复返的阶段而显示出永久的魅力”。而神仙们的风流韵事一向最能激发艺术家们的创作欲望，所以西方有大量相关题材的油画作品，不妨从中选择一些有代表性的，下面就让我们边看边说，开始“神游”吧！

为了最快熟悉各路神仙，咱们先为“户主”宙斯试拟一张“户籍登记表”：

宙斯户籍登记表

户　　主：宙斯　　　　　性　别：男　　　　　　　　　籍　贯：希腊

家庭住址：奥林匹斯山　　曾用名：朱庇特

情史

1．娶墨提斯，生“智慧女神”雅典娜；

2．娶忒弥斯（正义女神），生“时光三女神”、“命运三女神”；

3．娶欧律诺墨（大洋氏之女），生“美惠三女神”；

4．娶得墨忒尔（丰收女神、宙斯的姐姐），生“春神”珀耳塞福涅；

5．娶莫涅摩绪涅（记忆女神），生“文艺女神”缪斯共9位；

6．娶勒托，生“太阳神”阿波罗、“月神”狄安娜；

7．娶赫拉，生“战神”马尔斯、“火神”乌尔甘、“青春女神”赫柏；

8．和迈亚（普罗米修斯的侄女）生信使赫耳墨斯；

9．勾引凡人塞墨勒，生“酒神”狄俄尼索斯；

10．勾引凡人达那厄，生珀耳修斯；

11．勾引凡人伊娥，生埃帕福斯；

12．勾引凡人丽达，生海伦、波吕刻斯、卡斯托尔等；

13．勾引凡人欧罗巴（腓尼基公主），生弥诺斯等；

14．勾引凡人安提欧佩（波俄提亚公主），生双胞胎泽托斯、安菲翁；

15．勾引凡人阿尔克墨涅（迈锡尼王的孙女），生赫拉克勒斯；

（注：除赫拉为“天后”外，其余老婆或情人排名不分先后）

第五天

神的报复

子曾经曰过：“敬鬼神而远之。”希腊神话中的许多故事都以血淋淋的事实验证了孔老夫子的英明。得罪了神的人们要么变树要么变花要么变青蛙，有一个没变形的更惨，张着大嘴把自个儿活活给吃了，这个人最后就剩下了两排白牙，还在那儿拼命地大嚼。

第一章 饿鬼厄律西克同把自己吃了

看到仆人们哆哆嗦嗦，厄律西克同愤怒了，他抢过一把斧子，大声叫道："我不管这棵树是否为女神所心爱，就算是女神自己，要是她挡了我的道，我也一样让她倒下！"

在中国的神话传说中，花花树树一旦老到了一定程度就很容易成精，花精树妖可以离开本体四处游荡，不过一旦树或者花被毁，它们也就跟着烟消云散。判断一棵树有没有成精的方法很简单，如果用刀砍了之后流出来的不是树液，而是血液，大致上这就是棵老树精。

林中仙女
布格罗
1878年
布面油彩
145厘米 x 210厘米

希腊神话中也有类似的故事。话说雅典西南部的“丛林”中有一座“丰收女神”得墨忒尔的神殿，说是“丛林”，其实主要是神殿后面的一棵高耸入云，要几十个人才能合围抱住的大橡树，远远望去，这棵树简直就像是一片树林那么大，和它相比，周围的树都像是小草。没有人知道这棵树“高龄”几何，只听说有高山的时候就有了它。

附近的人们非常尊敬得墨忒尔，经常到她的神殿来祭拜，得墨忒尔所钟爱的这棵大橡树身上挂满了祈祷者敬献的花环和献词。

除了橡树神女本身，在这棵大橡树里还住着一些护树神女，她们的名字统称为“哈玛德律阿得斯（Harmadryades）”，意思是“住在树里的精灵”。在得墨忒尔的庇护下，神女们生活得悠闲舒适，她们经常手牵手围着橡树快乐地舞蹈。

这样的生活过了一天又一天，一年又一年，神女们从来没想到过有一天会大祸临头，她们一下子变得无家可归。

在得墨忒尔神殿附近，住着一个叫做厄律西克同（Erysichthon）的有钱人，他的名字的本意是“大地的守护者”，然而厄律西克同却偏偏要和“大地之母”得墨忒尔作对。在人们普遍对神明崇拜得五体投地的年代，厄律西克同算是个另类，他不但从不拜神，而且根本不把诸神放在眼里。一天，厄律西克同忽然做出了一个让人大吃一惊的决定，他要砍掉得墨忒尔神殿后的那棵大橡树！原因之一是他老是听到人们念叨着“得墨忒尔、得墨忒尔……”，感觉很烦。

狂妄的厄律西克同说干就干，他立刻带着几个仆人拿着斧子上山了。到了大橡树下，厄律西克同手一挥，命令仆人们砍掉它。仆人们都惊呆了，他们对这棵树一向心存敬畏，因此谁也不敢下手。看到仆人们哆哆嗦嗦，厄律西克同愤怒了，他抢过一把斧子，大声叫道：“我不管这棵树是否为女神所心爱，就算是女神自己，要是她挡了我的道，我也一样让她倒下！”

厄律西克同挥动斧子狠狠地向大树砍去。当这第一斧落在树干上时，鲜血从伤口处流了出来，此时大树在瑟瑟发抖，并且发出了呻吟声。看到这一切，所有在场的人都吓坏了，终于有一个勇敢的仆人冲了出来，大着胆子劝说厄律西克同停手，并把他手中滴血的斧子抢了下来。厄律西克同轻蔑地看了他一眼说：“神很了不起么？让你的神保佑你吧！”他一边说一边把斧头又夺了回来，然后对准这个仆人的脖子“刷”的一声就是一斧，这个可怜的仆人立刻人头落地。

在一片惊呼声中，厄律西克同回过身来向着大树一斧一斧地猛砍，橡树干上很快就伤痕累累，血水流了满地。这时，人们听到一个愤怒的声音从这棵橡树的中部传了出来：“狂妄的人，我是住在这棵大树里的神女，是得墨忒尔最宠爱的神女，现在我将被你杀死，临死之前我要警告你，你将为你的邪恶行为受到惩罚！”厄律西克同铁了心要把树砍掉，神女的话并没能拦住他的大斧，他咬着牙继续挥动斧子，橡树终于轰然倒下。

对于彻底成为“吃货”的厄律西克同来说，“吃饭是为了活着”还是“活着是为了吃饭”已经没有区别了，他的人生只剩下了吃。

也许厄律西克同并不是针对得墨忒尔，他就是不相信神能拿他怎么样，砍树的举动不过是想找个例子给大家看。然而他实在是低估了神的力量，无家可归的护树神女们穿着黑色的丧服一起到得墨忒尔那里哭诉，请求她严惩厄律西克同。得墨忒尔同意了，在这位“丰收女神”点头的同时，无数人惊讶地看到田地里那些成熟待收的谷穗也在频频点头。

得墨忒尔恼恨厄律西克同的狂妄和狠心，对他的惩罚自然残酷之极，她决定要把厄律西克同活活地饿死。为了执行自己的处罚决定，得墨忒尔想到的最佳人选是一位自己从来没见过面的神——“饥饿女神”利摩斯（Limos）。“丰收女神”和“饥饿女神”的职责是完全对立的，“丰收”和“饥饿”不可能同时出现在同一个地方，所以根据命运女神的安排，这二位永远没有聚首的机会，始终隔着十万八千里。

既然自己不能亲自去找饥饿女神，得墨忒尔叫来了一位“山岳神女”，安排她乘坐自己的飞龙战车去传达决定。这里我们要插一句话，“神女”和“女神”虽然只是颠倒了一下文字顺序，区别可大得很：在希腊神话中，“女神”就那么几位，级别都很高；而“神女”则数量众多，是神中级别最低的阶层，主要为“女神”和其他的大神服务，地位有点儿类似于富人家的丫头。

“饥饿女神”利摩斯住在遥远的斯库提亚，那里长年冰雪覆盖，是个极其荒凉的不毛之地，树木谷物从来不在那里生长，到处游荡的是寒冷、苍白、颤抖和饥饿。山岳神女乘着战车很快到达了目的地，远远地她就看到饥饿女神坐在一片石头地上，正拔着仅剩的几棵草根找吃的。她头发蓬乱、双眼深陷、嘴唇发白、面无血色，瘦得就剩下了一层皮，连骨头和内脏都清晰可见，形象点儿说就像是个披着层薄皮的骨骼标本。

山岳神女不敢走近，就这么远远地转达了得墨忒尔的命令。虽然就这么短短的几分钟，还尽量地保持了距离，山岳神女依然产生了那种饥饿难当的感觉，她慌忙掉转龙头，赶紧飞走了。

这位饥饿女神其实并不归得墨忒尔管，而且平时还总是和她对着干，不过这次她却很爽快地答应了得墨忒尔的要求，或许是狂妄不敬神的厄律西克同惹起了群神的公愤。“饥饿女神”利摩斯一会儿也没耽搁，一阵风似的来到了厄律西克同的住所，直接进入了他的卧室。这时正是深夜，厄律西克同睡得正香，利摩斯用自己的一对翅膀把他裹住，嘴对嘴把自己的气息吹入他的体内，饥饿的种子就这么悄无声息地注入了厄律西克同的血液中。

完成任务的利摩斯飞走了，回到了她那个一无所有的穷家，厄律西克同仍然在熟睡，而无数饥饿的种子已经在他体内开始生根发芽……厄律西克同的嘴开始活动起来，好像在咀嚼食物，从这时起食物成了他唯一的欲望，就连做梦都在吃东西。

虽然嘴动得越来越快，厄律西克同其实吃了一肚子空气，他很快就饿醒了，醒来后更觉饥饿难忍。厄律西克同马上吩咐仆人们赶紧给他弄吃的来，一会儿也不能耽误。饭菜端上来后，厄律西克同如饿虎下山似的一通胡吃海塞，然而他越吃越饿，越饿越要吃，他不住口地命令仆人们上饭上菜。平时总抱怨不知吃啥好的厄律西克同这回再也不挑食了，他像疯了一样，不管是天上飞的地上跑的水里游的草窠里蹦的，逮啥吃啥，一边吃还一边大叫着说“快饿死了”！

对于彻底成为“吃货”的厄律西克同来说，“吃饭是为了活着”还是“活着是为了吃饭”已经完全没有区别了，他的人生只剩下了吃。在短短的时间里，厄律西克同一个人吃下的东西简直能够供应一个城市乃至一个国家，可怕的是他吃得越多，对食物的欲望就越强烈，他的饥饿感也越重，厄律西克同的胃简直就是个无底洞！

终于有一天，厄律西克同把自己的家底吃了个干净。

“人贩子”厄律西克同没有了货源，彻底没辙了，终于有一天他开始吃自己，从两条腿开始，一路往上吃，据说吃到最后，就剩了两排白牙，还在那儿拼命地大嚼。

厄律西克同把家里能卖的东西全都卖了换食品，很快就家徒四壁，最后只剩下了一个女儿阿德墨提娜（Admethina）。俗话说“虎毒不食子”，饿得能吃活人的厄律西克同倒是没吃女儿，一咬牙把她给卖了。

可怜的阿德墨提娜不想给人当奴隶，她偷偷地跑到海边向海神波塞冬祈祷求助。波塞冬听了她的祈祷，把她变成了一个渔夫。这时阿德墨提娜的主人匆匆忙忙找来了，还向她询问："好心的渔夫，你有没有看到一个少女？她的头发散乱，衣着破旧，我看到她好像刚才就在你的旁边站着。对我说实话，你会捉到很多鱼，否则不但捉不到鱼，你自己说不定也会成为鱼食。"

刚刚还浑身发抖的阿德墨提娜惊喜地发现自己的祈祷应验了，她暗自高兴，马上回答这个买主说："对不起，我刚才一心忙着捕鱼，别的我什么都没看见。你要硬说附近来过一个少女，那么我只能说我就是。如果我骗你，就让神惩罚我以后一条鱼也捉不到。"

买主无可奈何地走了，阿德墨提娜恢复了自己的样子，高高兴兴地回了家。卖女儿的钱买来的食物早吃光了，饿得半死的厄律西克同正两眼冒着绿光四处找吃的，他发现女儿回来了特高兴，于是又卖了一回。我们不必指责厄律西克同没有人性，事实上这时他已经算不上是个"人"了，名之"饭桶"最合适。

就这样，故事一次次地重演，在波塞冬的帮助下，阿德墨提娜有时变成马，有时变成鹿，有时变成鸟，每次总是能逃离买主顺利回家，厄律西克同靠着卖女儿也一直没饿死。然而正像俗话所说"救得了一时，救不了一世"，厄律西克同既然是饿死鬼的命，谁也救不了他，更何况波塞冬的本意并不是想帮他，厄律西克同不过是跟着女儿沾光而已。有一天，被卖了N次的阿德墨提娜时来运转，成了一个遥远国家的王后，这一次波塞冬没有再把她还给她父亲。

"人贩子"厄律西克同没有了货源，彻底没辙了，他饿得发了疯，终于有一天厄律西克同开始吃自己，从两条腿开始，一路往上吃，据说吃到最后，就剩了两排白牙，还在那儿拼命地大嚼。

子曾经曰过："敬鬼神而远之。"希腊神话中的许多故事都以血淋淋的事实验证了孔老夫子的英明。在这个世界上，无论你持"有神论"也好，"无神论"也罢，敬畏自然、敬畏生命总是没错的，像厄律西克同这样没事找事，乱砍滥伐，最后倒霉的只能是自己。

第二章　变成忘忧树的德律俄珀

在附近摘花的伊俄勒忽然听到姐姐一声惊叫，她不知道发生了什么事，赶忙跑过来，伊俄勒惊恐地发现从姐姐折断的花梗中竟然流出了鲜血！

不知道是自己的思维太发散，还是什么原因，我在看希腊神话故事时头脑中经常会跳出些中国的东西，比如圣人的话、古老的诗、玉皇大帝、孙悟空、牛魔王等等，有时冷不丁还会冒出段电影对白。

周星驰主演的经典影片《大话西游》中有一段说唐僧教育孙悟空，下面就是唐老师的原话，他说：“悟空，你也太调皮了，我跟你说过叫你不要乱扔东西，你怎么又……你看我还没说完你又把棍子给扔掉了！月光宝盒是宝物，你把它扔掉会污染环境，要是砸到小朋友怎么办？就算砸不到小朋友，砸到那些花花草草也是不对的！”

下面这个故事，就是为什么花花草草砸不得的“希腊神话”版。

德律俄珀与伊俄勒是两姐妹，德律俄珀是安德赖蒙的妻子，他们刚刚生了一个孩子。一天，看看天气不错，姐妹俩抱着孩子出来散步，她们说笑着走到了一条小河边，河岸边长满了鲜花，德律俄珀与伊俄勒临时决定采摘一些编织成花环，用来祭供女神。

伊俄勒先动手摘花，而德律俄珀抱着孩子边走边喂奶。这时她看到河水中长着一株睡莲，红莲花开得正盛，德律俄珀觉得很漂亮，就随手摘了一朵给孩子玩。在附近摘花的伊俄勒忽然听到姐姐一声惊叫，她不知道发生了什么事，赶忙跑过来，伊俄勒惊恐地发现从姐姐折断的花梗中竟然流出了鲜血！

原来这株睡莲并不是普通的花，而是“莲花神女”提斯为了逃避追逐者变化而成。

德律俄珀怕极了，她很想赶快逃离这个可怕的地方，然而她忽然发现自己的双脚好像生了根，一步也走不动。德律俄珀拼命想拔出脚来，可是她很快发现那是徒劳的，除了双手之外，自己身体的其他地方都不能动弹了，一种木质化的感觉正在慢慢地扩散到她的全身，德律俄珀感到自己胸脯已经变得僵硬，再也流不出乳汁。

德律俄珀大声地召唤妹妹把自己手中的孩子接过去，在极度痛苦之中，她想要撕扯自己的头发，可她发现头发已经变成了树叶，双手也在变成枝叶。伊俄勒亲眼看到姐姐变成一棵树，德律俄珀那悲伤绝望的表情让她心痛如绞，然而她却无能为力，只能这么眼睁睁地看着。伊俄勒紧紧地抱住那棵正在生长的大树，像是要把姐姐拉回来，或者情愿让自己也被包裹进同一张树皮里去。这时德律俄珀的丈夫安德赖蒙和她的父亲都来了，听了伊俄勒的哭诉，看到痛苦不堪的德律俄珀，他们也紧紧抱着余温尚存的树干，叫着德律俄珀的名字，并不停地亲吻着她。

然而亲人的吻也改变不了德律俄珀的命运，她的全身都已经被树皮包裹起来了，露在外面的只剩下了一张脸。德律俄珀不停地流着眼泪，她对亲人们哭诉说："我是无心的，我从未想过要伤害任何人，为什么会有这样的命运？要是我说得不对，就让我的树叶枯萎，让我的树干被人砍下当柴烧。"

德律俄珀说话越来越困难，她的嘴已经快被树皮包住了，她悲伤地看着自己的孩子，拼尽最后的力气说道："照顾好我的孩子，给他找个保姆，请时常带他来我的树下，让他在我的树阴下玩耍，等他会说话时，就教他喊我妈妈，让他知道她的妈妈藏身在这棵树里。不过要叮嘱他小心河岸，千万要他记住，不要随意攀折花木，因为他所看到的每一棵小树或者小花都可能是一位化了装的女神。"

德律俄珀最终变成了一棵忘忧树，她当然是无辜的，不过希腊神话中的神往往就是这样蛮不讲理，别管有心还是无意，招惹了他们就会受到严酷的惩罚。从另一方面看，德律俄珀的故事也提醒人们一定要敬畏自然，因为大自然的报复心有时是很强的，就算是无意中犯下的错误也可能会招致大祸。

第三章　勒托把讨厌的农夫变成了青蛙

通过下面这个故事，我只想善意地提醒一句，不要因为一般人的忍气吞声而得意忘形，常在河边走没有不湿鞋的，不一定哪天就会碰到位喜欢较真的大仙儿，当心吃不了兜着走。

在我们的身边，经常会看到或听到一些因为一件看似很小的纠纷而最终闹得不可开交的事情，旁观者往往会觉得不值得这么大动肝火，然而有时候在你看来是一件小事，对别人造成的影响或者是伤害却可能是巨大的，所以请与人为善，不管什么时候，都不要存心刁难别人。下面这个故事说的就是“与人为恶”的后果。

勒托生下了宙斯的孩子，还是一对龙凤胎，就是后来的太阳神阿波罗和月神狄安娜。天后赫拉虽然早就知道老公花心，可一听到这种事还是怒火中烧，她奈何不了宙斯，把一肚子火都发泄到了勒托身上，赫拉宣布不准勒托在大地的任何一个地方养育自己的双胞胎儿女，谁要是敢收留她们娘仨儿那就是跟自己作对。

勒托怀抱着两个年幼的孩子四处奔波，可是没有一处地方可以让她安身，谁也不敢得罪天后赫拉。一天勒托来到了吕狄亚，她又累又渴，嘴已经干得快说不出话来了，这时她忽然看到谷底有一汪清水塘，就走到岸边跪下来准备喝水。

水塘边的田地里有几个农夫正在忙着，看到这个抱着两个孩子的女人，农夫们不但没有丝毫的怜悯之心，反而围上来大声叱骂勒托，不准她喝水。在这段居

无定所的日子里，勒托已经习惯了人们的冷眼，她请求农夫们行个方便，然而这帮人依然骂骂咧咧地要她赶紧滚开。

看到农夫们无礼地乱吵着要自己走开，勒托又忍气吞声地说道：“为什么你们要禁止我喝水呢？水是所有人共享的恩赐，大自然允许人们要求阳光、空气和水，无须像对待财产那样。我是来享受属于我的一份普通的福利的，何况我已经向你们要求行个方便了。我的嘴已经干得快说不出话来了，对我来说，这水就是生命之泉，喝一口就能解除我的疲劳，我会感谢你们的活命之恩的。让我怀中这两个婴儿来博得你们的怜悯吧，他们会伸出自己的小手替我向你们求助的。”

勒托怀中两个可爱的孩子伸出了小手，然而这几个农夫依然蛮不讲理，看勒托不走，干脆跳到池塘中，用脚将水底的泥搅起来，让池中的水浑浊得没法再喝。勒托气急了，她伸出双手向天空呼唤道：“既然你们一定要霸占这池塘，那么就永远不要离开了，在这里度过一生吧！”

勒托的话音未落，池塘中的农夫们惊恐地发现同伴身上出现了怪异的变化，其实他们自己也在变，只是看不到而已。农夫们的脖子短得看不见了，脑袋和身体连在了一起，不停谩骂的嘴巴咧到了耳边，发出的声音又响又吵。这些没有同情心的农夫全都变成了青蛙，鼓着个大白肚皮永远住在他们“拥有”的水塘里。

我们总是倾向于把生活在社会底层的人看作是最善良的，认为他们更淳朴更有同情心，其实这完全是一种误解，道德从不因贫富差别而高尚或卑劣，对于真正生活在同一个圈子里的人们来说，美好和丑恶是共生的，像这些损人不利己的农夫们的所作所为，无论是在富人区还是贫民窟都同样存在。

也许农夫们本身就是一群流氓样的人物，不过也有一种可能，他们平时并不是无恶不作的坏人，只不过一时兴起想拿人开心取乐，或者心情不好想找个人出气。在我们的生活中，像这样把手中的小权力发挥到淋漓尽致的人实在是太多了，人们总是倾向于劝导吃瘪的人放宽心胸、息事宁人。不过在这里我想把思维往反方向走一下，通过上面这个故事，我只想善意地提醒一句，不要因为一般人的忍气吞声而得意忘形，常在河边走没有不湿鞋的，不一定哪天就会碰到位喜欢较真的大仙儿，当心吃不了兜着走。

社会的和谐是美好生活的前提，为了大众，也为了你自己，请与人为善。

第四章　公开和勒托叫板的尼俄柏家破人亡

人们都说尼俄柏是人间最幸福的母亲，但因为她的狂妄自大，就在一天之内，她变得一无所有。

被变成青蛙的农夫们是在不知道勒托身份的情况下才敢这么胡作非为的，忒拜国的王后尼俄柏则因为公开和勒托叫板，结果死得更惨，而且是全家死光光。

尼俄柏长得非常美丽，有着女神才有的面容，又有女王庄重威严的气质，她的父亲坦塔罗斯是宙斯宠爱的儿子，世间唯一一个被允许和他同桌共食的凡人；她的丈夫是强大的忒拜国的国王安菲翁，他的王宫里拥有数不清的珍宝；她有七个像鲜花一样美丽的女儿，七个健壮出色的儿子。人们都说尼俄柏是人间最幸福的母亲，但因为她的狂妄自大，就在一天之内，她变得一无所有。

一天，在女预言家曼托的号召组织下，忒拜的妇女们举办了一场盛大的供奉勒托和她的双胞胎儿女阿波罗和狄安娜的活动。在人们正在焚香献祭时，身穿金丝长袍的尼俄柏在护卫们的簇拥下出现了，她用傲慢的目光注视着众人，愤怒地叫道："你们在干什么？发疯了吗？愚蠢的人啊，你们竟然为无能的勒托设立祭坛，为什么不为我，你们神圣的女王焚香？宙斯是我的祖父，我的父亲是唯一与他同桌共食过的凡人，我的丈夫是你们的国王，难道你们不知道吗？我拥有数不清的奇珍异宝，就算命运女神想要削减我的财富，恐怕也得费点儿周折。勒托有什么？哪怕是一小块儿土地可以让她为宙斯生儿育女，是宙斯可怜她，才让那个在水中时隐时现的得罗斯小岛给她暂时落脚生孩子。这个可怜的女人不就有两个孩子吗？我有十四个！即使从我众多的子女夺去一两个，也不会少到只有两个！蠢人们，拿着你们的供品，摘下头上的花环，赶快回家去吧，我才是你们应该供奉的！"

这里我们要说明一下，当年勒托怀孕时被天后赫拉驱逐，找不到栖身之所，最后她躲到了当时还在大海中漂浮不定的得罗斯岛上。她刚上岛，海底就升起了许多巨大的石柱，将这座荒凉的小岛固定住了。勒托知道，这是宙斯暗中施了法，她就在这个岛上生下了阿波罗和狄安娜，尼俄柏说的就是这件事。

王后的愤怒吓住了参加供奉的女人们，她们从头上摘下了花环，四下散开了，不过没有人把供品带回家，大家都在心里祈求女神勒托原谅自己不得已的举动。

眼见献祭活动草草收场，尼俄柏满意地回了自己的王宫，然而她实在是低估了神的力量，她的子女虽然是勒托的七倍，但事情哪里是这么简单的以多取胜？勒托和阿波罗、狄安娜在高高的铿托斯山顶看到听到了遥远的忒拜发生的这一幕挑衅行为，勒托愤怒了，她对阿波罗和狄安娜说道："看到了吗？孩子们，有人在诋毁你们的母亲。你们是我的骄傲，我的孩子，没有人可以这么轻视我们。"

怒火中烧的阿波罗金光陡升，他拿起了弓箭说道："母亲，不用抱怨，这只会耽搁时间！这个狂妄无礼的人很快就会知道什么是神的惩罚。"

阿波罗和狄安娜风驰电掣眨眼间就到了忒拜城的上空，尼俄柏的七个儿子正在城外的一片空地上练习骑马摔跤，可怜的小伙子们还不知道一场大难已经临头。老大伊斯墨诺斯正骑马慢跑，他忽然大叫一声从马上跌了下来，阿波罗的箭已经射穿了他的心脏。老二西皮罗斯看到大哥落马，还不知道发生了什么事，他听到空中有利刃穿空的声音，知道不妙，立刻策马狂奔，狄安娜的飞枪速度更快，一下子贯穿了他的脖子，鲜血喷涌而出，西皮罗斯也倒地身亡。

阿波罗和狄安娜出手如风，这一切都在瞬间发生，老三和老四根本没反应过来，他们还搂抱在一起练摔跤，阿波罗一箭就射穿了两人的身体，他们痛苦地倒在地上哀号。老五阿尔斐诺耳见两位哥哥倒地，疾步上前抱住他们，这时阿波罗的箭也到了，兄弟三个死在了一起。老六达玛西克同先是膝部中箭，他痛苦地大叫着往外拔时，阿波罗的第二支箭从他口中直射进喉咙，鲜血狂喷出来。

老七伊利俄纽斯还是个孩子，被眼前这血腥的场面吓得面无人色，他马上跪下来张开双臂祈求说："所有的神明啊，请你们饶恕我吧！"孩子的话打动了阿波罗，可惜的是此时箭已离手，他也无法收回，伊利俄纽斯心脏中箭，和哥哥们一起死去了。

如果早知道神的威力，尼俄柏一定不会这么狂妄自大；如果人生可以重来，尼俄柏一定希望平平安安地过她的富贵生活，不再好勇斗狠。然而所有的"如果"都只不过是一句空话。

王子们全部暴毙的消息很快传进了城，他们的父亲安菲翁立刻赶到了出事地点。看到孩子们的惨状后，安菲翁痛不欲生，拔剑自杀身亡。无端挑起战争惹来杀身大祸的尼俄柏此时此刻仍然没改了好勇斗狠的本性，她冲到城外，扑到已经

僵硬的孩子们身上，最后亲吻了每一个儿子。然后尼俄柏站起身，冲着天空高喊道："我的儿子都死了，勒托，你这个残忍的女人满意了吧！幸灾乐祸吧！你赢了！"

这时，尼俄柏的七个女儿穿着丧服也来到了城外，哭着祭祀自己的兄弟们。看到女儿们来了，尼俄柏又做了一件愚蠢至极的事，她大声叫道："勒托，你神通广大，不过你虽然杀死了我的儿子们，我的孩子还是比你多！"

尼俄柏的话简直就像是一道追魂令。话音未落，人们就听到空中又传来了恐怖的开弓放箭的声音，这回是月神兼狩猎女神的狄安娜出手了，转眼间尼俄柏的六个女儿都倒在了血泊中。

被射伤的尼俄柏的女儿
佚名
约公元前430年

看到姐姐们的惨状，尼俄柏最小的那个女儿惊恐地扑到母亲的怀里，像幼儿一样把身体紧紧蜷缩在一起，寻求母亲的保护。尼俄柏伸出手臂抱住女儿，这个时候她终于软了下来，仰天悲号道："勒托，求求你，把这个唯一的孩子留给我吧！她还那么小！"

然而这时候说什么都已经太晚了，尼俄柏的小女儿也没能幸免于难，一支利箭穿透了她的身体，她的尸体滑落到了地面上。

保护小女儿的尼俄柏
斯珂帕斯
约公元前4世纪
大理石复制品
高149厘米
现藏罗马国立美术馆

天地间一片死寂，尼俄柏呆坐在丈夫、儿子和女儿们的尸体中间，这突然发生的一切就像是一场梦，昨日还被人羡慕不已的美满家庭转眼间灰飞烟灭，这一切都只是因为尼俄柏的一句话。如果早知道神的威力，尼俄柏一定不会这么狂妄自大；如果人生可以重来，尼俄柏一定希望平平安安地过她的富贵生活，不再好勇斗狠。然而所有的“如果”都只不过是一句空话。

悔恨交加的尼俄柏就这么孤零零、痴呆呆地坐着，不知道过了多长时间，微风再也吹不动她的头发，她脸上也没有了血色，因为她的血液已经不再流动，脉搏也停止了跳动，尼俄柏变成了一尊冰冷的岩石像。

石像的心也一样变成了石头，完全没有了生命，只是石像的双眼中依然不断地涌出泪水，在脸上肆意地流淌。忽然一阵大风吹来，卷起了“石女”尼俄柏，一直越过大海，到了尼俄柏的故乡吕狄亚的荒山野岭，把她放在了西皮罗斯的悬崖上。据说，这尊石像从此就一直待在山顶上，到今天依然泪流不止。

每个人都爱自己的家庭，尼俄柏是，勒托也是。“家庭的幸福”是大家都渴望的，然而却往往又是脆弱的，一句话或者是一件小事都可能会破坏它，所以请记住，家庭的幸福需要每个成员共同的努力才能得到。托尔斯泰说“幸福的家庭都是相似的，不幸的家庭各有各的不幸”，通过上面这个故事，我想说无论贫穷或者富有，幸福的家庭一定都是平安和谐的。

第五章　坦塔罗斯的教训：不要骗人，更不要骗神！

楚霸王项羽有句名言“富贵不归故乡，如衣锦夜行”，大意就是说发达了显贵了不回老家显摆显摆，就像穿着华丽的衣服走在黑夜里，可惜了你的荣华富贵。坦塔罗斯也是这心理。

接下来要讲的是尼俄柏的父亲坦塔罗斯的故事，这一家人的命都不好，尼俄柏全家死光，坦塔罗斯也生不如死。这个家族悲惨的命运，完全是坦塔罗斯自找的。

坦塔罗斯是“花花大神”宙斯与凡间女子狄俄涅所生，他统治着吕狄亚的西皮罗斯，以富有著称。宙斯虽然在人间“遗珠”无数，子女众多，但坦塔罗斯格外受到他的宠爱，他被准许和宙斯同桌共食，众神也都拿他当朋友，谈论一些天界的家长里短趣闻隐私时从不避讳他。

中国秦汉时期的楚霸王项羽有句名言说“富贵不归故乡，如衣锦夜行”，大意就是说发达了显贵了以后不回老家在老乡亲老朋友们面前显摆显摆，就像穿着华丽的衣服走在黑夜里，那真是可惜了你的荣华富贵。坦塔罗斯也是这心理，他也想把自己这独一无二的光荣待遇向别人吹嘘吹嘘，不过光说自己和神明们称兄道弟，同吃共饮，谁相信啊？

坦塔罗斯有办法，除了定期向身边的朋友们发布一些神明的新闻快讯、八卦绯闻，他还经常从神的餐桌上偷些人间没有的美酒美食，带回来分给凡间的人们。

整天和神明打交道的塔坦罗斯并没有充分认识到神的能力。有一次，一个人从宙斯神庙里偷了只珍贵的金狗藏到了坦塔罗斯家里，宙斯要他归还，坦塔罗斯咬牙发誓说金狗不在他手上，坚决拒绝归还。

其实坦塔罗斯做的这些事怎么可能瞒得过宙斯？不过因为这都是些小事，宙斯就把它当作孩子的撒娇耍赖，一笑了之。然而坦塔罗斯可不这样想，一看怎么做都没事，还以为自己聪明到神都被蒙住的程度，于是他的行为越来越过分，终于有一天，火玩大了。

坦塔罗斯对神的能力越来越怀疑，这天他把诸神都请到他那里做客，准备测试一下神明们是不是真的无所不知。咱们中国有这样一个故事：齐桓公有一天开玩笑说飞禽走兽乌龟王八生猛海鲜都吃过无数遍了，要说没吃过的只有人肉了，也不知道人肉好不好吃。宫廷御厨易牙一想舍不得孩子套不住狼，为了讨好领导，就把自己三岁的孩子杀了，蒸给齐桓公吃，齐桓公为此很感动。坦塔罗斯用的招儿和易牙差不多，他也让人把自己的孩子珀普罗斯杀了，做成了一盘菜。

坦塔罗斯和易牙一样没有人性，他做得更加残忍绝情，不管怎么说易牙杀子还有所图，坦塔罗斯仅仅为了测试神明的分辩能力，就把自己的亲生儿子给宰了。看着眼前这道经过掩饰的人肉大餐，诸神都被坦塔罗斯这令人毛骨悚然的暴行激怒了，大家都把肉扔到了一个盒子里，只有“丰收女神”得墨忒尔因为女儿珀尔塞福涅被冥王掠去而精神恍惚，吃下了一块肩胛骨。

克罗托，命运三女神中的一位，她伸出手来从装满肉块和骨头的盒里取出了一个完整的孩子，又用象牙给他做了块肩胛骨，代替被得墨忒尔吃下的那一块。

坦塔罗斯本来拥有让无数人羡慕的美好生活，幸福唾手可得，然而他却没有珍惜，诸神对他的惩罚残酷又直接，对生命之水的渴望与绝望、对死亡的恐惧，就在这一生一死之间慢慢地煎熬着他。

对于罪恶的坦塔罗斯，诸神一致决定予以严惩，他立刻被打入地狱。坦塔罗斯既没有上刀山，也没有下油锅，不过诸神对他的惩罚却让他更痛苦，这种痛苦一时一刻也不能摆脱，而且永远没有尽头。

为了惩罚这个可恶的人，诸神也都上了心，大伙儿专门给坦塔罗斯设计了一个绝妙的、极其有创意的“居住环境”。坦塔罗斯被罚站在一个池塘的中央，清澈甘甜的池水刚好到他的下巴那里，不过他却一口都喝不到，每当嗓子眼儿干渴得快要冒火的坦塔罗斯低下头来，贪婪地张开大嘴时，就会眼睁睁地看着池水一点一点退下去，总是比他的嘴巴低那么一寸，直到干涸的塘底黑泥出现。失望的坦塔罗斯直起腰来，清澈的池水又会汩汩涌出，在他嘴巴下面流动着无穷的诱惑。

在坦塔罗斯的头顶，又是一片诱人的景象，池边长满了各种果树，树枝伸到了坦塔罗斯的头顶，枝上满是个大汁多的梨子、甜甜脆脆的苹果、香气喷鼻的无花果、红宝石般晶莹的开口石榴、绿绿的橄榄等等。似乎伸手可及，然而对于坦塔罗斯来说，这又是一项可望而不可即的残酷惩罚，每当他伸出手来时，就会有风吹来，把树枝吹高一些，高到坦塔罗斯的手指刚刚能触碰到一点儿果皮，却永远别想摘到哪怕是一小粒。

在果树枝的上面，正对着坦塔罗斯的头顶，还悬着一块巨石，巨石时刻摇摇晃晃，似乎一阵风就能把它刮下来，坦塔罗斯要面对的是无时不在的、让人胆战心惊的死亡威胁。

坦塔罗斯本来拥有让无数人羡慕的美好生活，幸福可以说是唾手可得，然而他却没有珍惜，诸神对他的惩罚残酷又直接，对生命之水的渴望与绝望、对死亡的恐惧，就在这一生一死之间慢慢地煎熬着他。

第六天 『百变宙斯』的幸福生活

在希腊神话中，众神之王宙斯风流成性，为了追逐喜爱的女人，这位大神“变幻莫测”，简直像个“百变星君”，别管是人是神，只要被他看上，绝对没得跑！

在宙斯的风流生活中还产生了许多有“创造性”的东西，比如孔雀羽毛为什么有只“眼睛”？“双子星座”、“大小熊星座”是怎么来的？“欧洲”为什么又叫“欧罗巴”？

宙斯的风流韵事一向能激发艺术家们的创作欲望，下面咱们可以选几个有代表性的看看。

第一章 “天鹅”版宙斯

一天宙斯对丽达一见钟情，于是变成一只漂漂亮亮的天鹅来到她身边，丽达看了特喜欢，她哪儿知道这不是个“好鸟”！

宙斯号称“众神之父”，这可绝对不是什么“荣誉称号”，这位大神儿女遍天下，除了阿波罗、狄安娜、雅典娜等“名神”，私生子还有不少。宙斯跟咱们国家的乾隆皇帝一样，没事儿最喜欢出去玩，而且一出宫就闹绯闻，“遗珠无数”，民间时不时就会蹦出个认亲的“还珠格格”。

为了追逐自己喜爱的女人，宙斯“变幻莫测”，简直像个“百变星君”，别管是人是神，只要被他看上，绝对没得跑！

宙斯的儿女们基本上是胎生的高级哺乳动物，不过有一次估计宙斯火候没把握好，变形变得有点儿过，有两个孩子居然倒退到卵生！

话说斯巴达国王廷达瑞俄斯被兄弟希波科翁驱逐出国，在外长期流离后，他到了希腊中部的埃托利亚。埃托利亚的国王特斯提奥斯慧眼识英雄，不但收留了廷达瑞俄斯，并且把女儿——全希腊有名的美人儿丽达嫁给了他。希波科翁和他的儿子们后来被赫拉克勒斯全部给杀死了，廷达瑞俄斯终于可以带着美丽的妻子回国，重新执掌斯巴达的王权。

丽达婚后所住的地方十分幽雅恬静，是一个几乎与世隔绝的小岛，只有一些女伴在岛上陪着她。不知道什么时候丽达被宙斯给看到了，这位大神对丽达一见钟情，有一天他变成了一只漂漂亮亮的天鹅来到她身边，丽达看到这只雪白的天鹅特喜欢，搂在怀里爱抚个不停，她哪儿知道这可不是个“好鸟”！

丽达就这么糊里糊涂地被只鹅给占了便宜，一番云雨之后宙斯心满意足地拍拍翅膀“走神”了，丽达还是继续当她的斯巴达王后，继续和廷达瑞俄斯国王同床共枕。于是奇特的事情发生了，宙斯和廷达瑞俄斯的小蝌蚪竟然于同一时间同一地点同时生长发育！无论在体力还是权力上宙斯显然都占尽了优势，结果他当时变天鹅的副作用出现了，没多久丽达居然生了两只蛋！

在温度、湿度都合适的情况下，这两只蛋最终孵出了两对龙凤胎，而这四个

丽达与天鹅
柯列乔
布面油彩
152厘米 x 191厘米
现藏柏林国家美术馆

生日在同一天的孩子却是同母异父，“宙斯蛋” 孵出了海伦和波吕丢刻斯，“廷达瑞俄斯蛋” 孵出了克吕泰涅斯特拉和卡斯托耳。

下面这幅《丽达与天鹅》画的就是“蛋人”出壳的那一瞬间，我们看到的是达•芬奇同名作品的临摹本，原画已经不存。这幅画中丽达的笑容有点儿“蒙娜丽莎”的意思，我们上面看到的柯列乔的同名作品显然受到了达•芬奇的影响，不过我感觉柯列乔笔下丽达的微笑比达•芬奇画得更有魅力！

丽达与天鹅

达·芬奇

木板油彩

112厘米 x 86厘米

现藏佛罗伦萨乌菲齐美术馆

丽达与天鹅的故事历来为文学家、艺术家所钟爱，爱尔兰诗人叶芝（1865—1939）就曾经写过一篇著名的诗歌《丽达与天鹅》，我们来看看飞白的译本：

突然袭击：在踉跄的少女身上，
一双巨翅还在乱扑，一双黑蹼
抚弄她的大腿，鹅喙衔着她的颈项，
他的胸脯紧压她无计脱身的胸脯。

手指啊，被惊呆了，哪还有能力
从松开的腿间推开那白羽的荣耀？
身体呀，翻倒在雪白的灯芯草里，
感到的唯有其中那奇异的心跳！

腰股内一阵战栗　竟从中生出，
断垣残壁、城楼上的浓烟烈焰，
和阿迦门农之死。
当她被占有之时，
当地如此被天空的野蛮热血制服，
直到那冷漠的喙把她放开之前，
她是否获取了他的威力，他的知识？

按照叶芝神秘主义象征论的解释，历史每两千年一个循环，而每次循环的开始都是一位姑娘和一只飞鸟的结合，公元前的两千年是宙斯化作天鹅与丽达结合，生下的蛋孵出了海伦与克吕泰涅斯特拉两个女孩子，每一个都是超级红颜大祸水，后来引发了一系列重大事件。海伦引起了特洛伊十年大战，而克吕泰涅斯特拉则与奸夫一起，谋杀了希腊盟军统帅阿迦门农。

两千年后的姑娘与飞鸟的结合则是由玛丽与白鸽（圣灵怀孕说）所引起的，这回更不得了，耶稣诞生了。

原子丽达
达利
1949年
布面油彩
61厘米 x 45厘米
现藏菲格拉斯达利戏剧美术馆

在所有的相关题材的名画中，最唯美的“丽达与天鹅”当数英国画家莱顿笔下的形象。莱顿在艺术上追求的就是那种视觉上的愉悦，他似乎是用土耳其帝国的宫女为模特来诠释“丽达”。

侍婢
莱顿
1862年

莱顿出生于一个医生家庭，他的祖父是俄国沙皇的宫廷医师，莱顿出生前五年，他的全家就搬到了欧洲，莱顿在布鲁塞尔、巴黎、法兰克福等地都接受过绘画训练，古典艺术给了他很大影响。1852年莱顿搬到罗马居住，1855年他又回到英国，他的作品*Cimabue´s Madonna*展出并被维多利亚女王购买，这是他事业的一大转折点。1878年，莱顿当选为（英国）皇家艺术学院院长，1896年受封为男爵，他是英国唯一获此殊荣的画家。莱顿于同年去世，诗人史文朋（Algernon Swinburne）为他写下这样的挽歌：“A light has passed that never shall pass away A sun has set whose rays are unequalled in might.”

缠毛线

莱顿

布面油彩

100厘米 x 161厘米

现藏悉尼新南威尔士美术馆

鲁本斯要表现的并不是传统意义上的暴力，而是热烈、欢快的爱情，或者说是“爱情”加“暴力”极具戏剧性的情节，因为“抢婚”是当时的一种传统。

宙斯的这一风流史无形中为人们提供了一个最具“优良基因论”的例子，他的女儿海伦长大后美艳绝伦，后来为了争夺她而引发了一场长达十年之久的特洛伊大战；而他的儿子波吕丢刻斯不但是打遍天下无敌手的拳王，还因为继承了宙斯的血统而永生不死。

相比之下，廷达瑞俄斯的儿女就差点儿，女儿克吕泰涅斯特拉没有海伦漂亮，儿子卡斯托耳的驯马驾车技术虽然举世无双，但寿命却和普通人一样。

虽然“来源”不同，波吕丢刻斯和卡斯托耳却是绝对的兄弟情深，他们两个人平时总是形影不离，而且就像现在的音乐组合一样，除了各自的名字，这二位也有个合称，叫做“狄俄斯库里”，意思是一胎所生。

波吕丢刻斯和卡斯托耳共同参加了当时许多重大的行动，比如“阿耳戈号”远征寻找金羊毛等等。这兄弟两个好得跟一个人一样，就连讨老婆都想一样，当他们听说迈锡尼王留希波斯家中有一对美丽的孪生姐妹时，哥俩儿一商量决定抢回来一人一个做老婆。

波吕丢刻斯和卡斯托耳想到就做，当兄弟二人如疾风暴雨般冲进留希波斯家

抢夺留希波斯的女儿们
鲁本斯
1616—1618年
布画油彩
222厘米 x 209厘米
现藏慕尼黑老绘画馆

中时，那姐妹俩正睡得香甜，在美梦中就被抱起，拉上了马背。鲁本斯有一幅极为著名的作品《抢夺留希波斯的女儿们》描绘的就是这惊心动魄的一刻。

鲁本斯非常擅长用带有旋转动感的结构来表现激动人心的场面，这一点在《抢夺留希波斯的女儿们》中表现得最为淋漓尽致，画中的人物和马匹都造型夸张、激情十足。

不过鲁本斯要表现的并不是传统意义上的暴力，而是热烈、欢快的爱情，或者说是“爱情”加“暴力”这一极具戏剧性的情节，这是因为“抢婚”是当时的一种传统。在《抢夺留希波斯的女儿们》的画面上出现了爱神丘比特，而在原来的传说中并没有他跟着掺和，丘比特的出现，在这儿也意味着这是件值得庆贺的好事儿。

据说《抢夺留希波斯的女儿们》这幅画从画完后就下落不明，直到100年后的1716年才又重新被发现，1777年，这幅画被带到了慕尼黑宫廷，此后就一直收藏在巴伐利亚州的首府慕尼黑。

说完了关于鲁本斯这幅画的故事，忽然想说句题外话：就画中这二位一身肥肉的胖丫儿，要搁现在，别说被英俊健壮的英雄们“抢夺”了，嫁不嫁得出去恐怕都是个问题！

这个话题在前面咱们也说到过，对于鲁本斯笔下过于壮硕、肉感的女性形象，其实一直就有人看着不顺眼，几百年来不断地发生争论。在鲁本斯的作品中，类似这样的胖美女胖神仙还真不少，有的艺术评论家嘲笑他像是个“开人肉铺子”的；有的则赞叹说美人虽肥，不掩其美；还有人帮着瞎辩解说，在画家的故乡，人们特别偏爱肉食，导致满街都是胖妞。鲁本斯打小儿满脑子就装满了肥硕丰腴的形象，画画时童年的回忆总是会不由自主地“才下眉头，又上心头”，所以一落笔就控制不住，画出来的裸女常常会大一号。要照这解释，咱们国家唐朝时的“伙食”也绝对错不了！

在鲁本斯去世几十年后，法国皇家雕塑绘画学院持不同意见的双方展开了激烈的论辩，当然不只是为了胖丫，还有其他方面。以普桑为首的传统古典主义派认为鲁本斯的艺术过于夸张了，有违肃穆端庄的原则；而支持方则说鲁本斯以自然为本，不受古典法则的局限，是创造性地发展了古典主义的伟大画家。到了19世纪，在新古典主义和浪漫主义之间又爆发了同样的争论。

后来兄弟俩的真情打动了宙斯，就把他们兄弟一起放置在天上，列入群星之中，这就是“双子座”的来历。

关于波吕丢刻斯和卡斯托耳抢夺留希波斯的女儿还有段故事，据说这对双胞胎姐妹本来是波吕丢刻斯和卡斯托耳的两个堂兄弟伊达斯(Idas)和林叩斯的未婚妻。伊达斯和林叩斯是墨塞尼亚国王阿法柔斯的儿子，伊达斯是力大无穷的勇士，而林叩斯则拥有极其锐利的视觉，不用任何先进设备，他的眼睛打小儿就有红外透视功能，可以看透地层，任何细小的东西都逃不过他的目光。

这小哥四个本来关系很不错，大家相互合作共同立下了不少功劳，但最后却因为一群牛反目成仇。有一次他们一起缴获了一批战利品——一大群公牛，以前得了东西都是大家伙儿平分，可这回伊达斯兄弟俩不知道咋想的，忽然想独占胜利果实。于是伊达斯建议哥儿个玩个游戏，把一头牛分成四份，先吃完的两人可以平分这一群牛，吃得慢的没份儿。

这个活动本身应该说是公平公正的，大家都同意。可在吃肉的时候伊达斯做了手脚，这小子嘴大脖子粗，狼吞虎咽第一个吃完了肉，然后又张开大嘴帮助兄弟林叩斯吃，结果这兄弟俩得了冠亚军，笑眯眯地把牛全赶他们家去了。

波吕丢刻斯和卡斯托耳觉得受了骗，越想越咽不下这口气，于是趁伊达斯兄弟不在，闯到他们家，兄弟俩不但把这群牛赶走了，而且把伊达斯家所有的牛一锅端！这样波吕丢刻斯和卡斯托耳感觉还不够解气，一不做二不休，干脆把堂兄弟的双胞胎未婚妻也抢走了。

这一通抢劫确实过瘾，可抢完了冷静下来波吕丢刻斯和卡斯托耳开始担心了，“人牛尽失”的伊达斯和林叩斯指定不干，肯定会来报仇，到时候自家哥俩儿绑一块儿估计也干不过伊达斯一个人！

波吕丢刻斯和卡斯托耳确实有自知之明，因为伊达斯绝对生猛，连太阳神阿波罗也不放在眼里！有一次伊达斯和阿波罗争夺美丽的玛耳珀萨(Marpessa)，他把玛耳珀萨放到海神波塞冬赠送的战车上带走，阿波罗气急败坏地前来阻拦，伊达斯毫不示弱冲上来应战。最后还是宙斯及时阻止了他们的争斗，要玛耳珀萨自己选老公，结果玛耳珀萨选择了伊达斯。这个女孩子很聪明，她知道永生的阿波罗不可能永远爱她，等到有一天自己年老色衰了，肯定会被他抛弃，还不如老老实实找个人过日子。

波吕丢刻斯和卡斯托耳很清楚伊达斯的这段故事，兄弟俩一商量，决定玩阴的，先躲藏到一棵大树的树洞里，等伊达斯兄弟过来时突然袭击，出其不意攻其不备，杀他个措手不及。然而智者千虑，必有一失，他们忘了林叩斯有透视的“特异功能”，进了树洞就等于进了死胡同！

抢女人比阿波罗还凶的伊达斯一看这回亏大了，连老牛带未婚妻带“未婚弟妹”都被人一锅端了，气得眼珠子都红了，他马上安排林叩斯站到高处去寻找那两个胆大包天的堂兄弟。林叩斯站到高高的塔宇革特山上，一眼就看到了树洞中的波吕丢刻斯和卡斯托耳，他立刻和伊达斯一起迅猛地扑了过去。等到波吕丢刻斯和卡斯托耳意识到不妙拼命地往外钻的时候，已经太晚了，伊达斯抛过来的长枪呼啸着刺透了树身，把卡斯托耳扎了个透心凉。

“打仗亲兄弟，上阵父子兵”，一看兄弟在自己怀中马上要咽气，波吕丢刻斯怒吼着冲出树洞，扑向伊达斯。俗话说“横的怕愣的，愣的怕不要命的”，波吕丢刻斯这时就不要命了，伊达斯和林叩斯手忙脚乱地抵挡了一阵，转身就逃，林叩斯跑得慢了一点，被波吕丢刻斯给杀掉了。这下伊达斯也红眼了，不跑了，也要为兄弟报仇雪恨，这时天上的宙斯怕儿子波吕丢刻斯吃亏，放个闪电把伊达斯连同林叩斯的尸体都烧成了灰烬。

波吕丢刻斯回到树洞边，抱着即将死去的卡斯托耳痛哭不止，他祈求父亲宙斯救救自己的兄弟，为此他愿意献出自己的生命。然而卡斯托耳的死是命运的安排，宙斯也没办法改变，不过他给了波吕丢刻斯两个选择。宙斯对伤心欲绝的儿子说道：“波吕丢刻斯，我的孩子，卡斯托耳已经死了，应该到冥府去报到，而你是我的儿子，也就是人类的神，你可以跟我一块回奥林匹斯山去，这是你应当拥有的生活。如果你一定要和弟弟一起生活，那也可以，不过你们俩的幸福和苦难都要共享，一半时间一起留在天上，另一半时间一起留在冥府，你自己选择吧！”

波吕丢刻斯毫不犹豫地选择了后者，从此兄弟俩又能生活在一起了，过着“要么天堂要么地狱”的生活，在奥林匹斯山和众神生活一天，在阴暗的冥府度过一天。波吕丢刻斯对此毫不怨言，后来兄弟俩的真情打动了宙斯，就把他们兄弟一起放置在天上，列入了群星之中，这就是“双子座”的来历。

达那俄斯的女儿们在地狱受到严惩，她们被罚向一个无底水槽注水，水倒进去很快就流光了，她们必须一刻不停地打水倒水，无休无止地重复永远完不成的任务。

埃斯库罗斯的悲剧《乞援人》中也讲了个关于林叩斯的故事。

宙斯和伊俄的儿子厄帕福斯生了个儿子名叫柏罗斯，柏罗斯生了两个儿子——埃古普托斯和达那俄斯，他们一个统治着埃及，一个统治着利比亚。

有句话叫“男女搭配，干活不累”，生孩子也是这个道理，也得男孩女孩搭配着生，两口子要是光生男孩或是女孩，越生越上火！以前咱们国家没有计划生育时男女结婚时，有的地方要往被子里放点儿花生，就是为了讨个吉利，最好一个男孩一个女孩“花”着生。不知道相关的神是咋安排的，反正我们下面要讲的这个故事绝对地阴阳失调，达那俄斯有五十个女儿，而埃古普托斯有五十个儿子。

达那俄斯从一个神谕得知，他将死在兄弟埃古普托斯的一个儿子手中，达那俄斯非常害怕，但是因为侄子们的数量实在太多，他也不知道将死于谁手。当然，我们现在知道了，达那俄斯的这个侄子就是林叩斯。

慢慢地达那俄斯的女儿们和埃古普托斯的儿子们都长大了，男孩子们都看上了长得如花似玉的堂姐妹们，而且双方一个对一个，正好可以组成五十个小家庭。于是埃古普托斯便请求亲上加亲，要达那俄斯把所有的女儿都嫁给自己的儿子。

达那俄斯又想起了那个可怕的神谕，坚决不肯“引狼入室”，这下可把那帮正值荷尔蒙泛滥成灾年龄的侄子惹急了，新郎当不成转眼变豺狼，他们立刻兴兵讨伐这个不识相的伯父兼“准岳父”。达那俄斯也豁出去了，双方展开了一场恶战，最后达那俄斯大败，在国内再也待不下去了，于是在雅典娜的帮助下，他建造了一艘坚固的大船，然后带着五十个女儿下海外逃避难。

达那俄斯的大船最终在希腊阿耳戈利斯靠了岸，这是达那俄斯的曾祖母伊娥的故乡，阿耳戈利斯现任国王珀拉斯戈斯问明情况后收留了他们。不过没过多久达那俄斯的五十个侄子就率领大军杀到了，珀拉斯戈斯也打不过他们，被迫逃亡，达那俄斯被选为阿耳戈利斯的临时新国王。

为了解除兵临城下的侄子们的威胁，达那俄斯想了个计策，他假装答应了他们的要求，放话说准备把女儿嫁给侄子们。然而背地里达那俄斯却告诉女儿们，如果珍惜自己的生命，敬爱自己的父亲，就必须在新婚之夜趁她们的丈夫睡觉时把他们干掉。

达那俄斯的女儿们遵从了父命，在婚礼那一天，每个人都在身上藏了把尖刀。达那俄斯为女儿们举办了盛大的婚宴，侄子兼女婿们一个个喝得酩酊大醉，分别由自己的新娘扶进了洞房。结果当天晚上四十九个女人都按照原先的计划动手杀掉了自己的丈夫，唯有一个叫许皮斯特（Ypermestra）的女孩子不忍心动手，她已经爱上了丈夫林扣斯，最终把他放走了。

第二天达那俄斯对那四十九个“谋杀亲夫”的女儿大加赞赏，而违抗父命的许皮斯特却被他关进了监狱。后来逃走的林扣斯率兵卷土重来，经过一场恶战后杀死了达那俄斯，并且继承了阿耳戈利斯王国的王位，当年的神谕终于变成了事实。许皮斯特被放了出来，她和林叩斯再次举办了隆重的婚礼，从此以后夫妻二人共掌王权。

许皮斯特是位著名的女王，同时又是阿耳戈利斯地区天后赫拉神庙的女祭司。而她的那些姐妹却都背负着杀夫的恶名，死后在地狱里也受到了严惩，她们被罚从冥河中打来水，然后注入到一个无底的水槽里，水倒进去很快就流光了，因此她们必须一刻不停地打水倒水，无休无止地重复着这项永远完不成的任务。

希腊神话中的神好像很喜欢看人做无用功，达那俄斯的女儿们干的这活儿实际上是推石头上山的西齐弗的改进版本，这是否可以说，没有希望的生活对于人们是最大的折磨？

达那俄斯诸女向地狱无底水槽注水
约翰·威廉·沃特豪斯（英）
19世纪末

波塞冬看上了阿密莫妮，阿密莫妮也感激他的救命之恩，于是两个人就地结成良缘，幕天席地成就了好事。为了表达对阿密莫妮的喜爱，波塞冬把这块泉水流淌的地方就叫做“阿密莫妮”，不过听起来更好像是纪念自己的英雄救美行为。

关于达那俄斯的女儿们，还有另外一个传说故事，和海神波塞冬有关。

一天，达那俄斯的一个女儿阿密莫妮独自外出到原野上寻找水源，恰好遇到了路过此地的一帮森林小神萨提儿，被他们围住纠缠不休。萨提儿是赫尔墨斯和伊佛提玛所生的一群孩子，长相很丑，是半人半羊的怪物，他们长着山羊的耳朵、山羊的蹄子，还有一条山羊的小尾巴。

这些精灵式的小神生性好色，后来又因为整天跟着酒神狄俄尼索斯过着花天酒地的生活，养成了懒惰、嗜酒的坏习惯。萨提儿们都没啥正式工作，所以他们整天无所事事，或者与林间的女神们嬉戏跳舞，或者半醉半醒地在山林野地里到处游荡，拈花惹草、惹是生非。

这一天萨提儿们正在闲逛，突然发现了阿密莫妮这么一位漂亮的单身女孩，一个个眼都直了，流着口水一窝蜂似的围了上来。起初萨提儿们还只是嬉皮笑脸地用言语调戏调戏，后来一看四下无人这帮家伙越来越大胆，动手动脚起来。阿密莫妮吓坏了，高声呼叫，可是在这片人迹罕至的荒野上又有谁会来救她？

萨提儿的情欲越来越旺盛，他们抱起阿密莫妮强行接吻，最后竟然合伙要把她抬走。

阿密莫妮已经绝望了，就在这时救星到了，海神波塞冬不知啥原因突然出现在这里。看到萨提儿竟然敢在光天化日之下调戏良家妇女，波塞冬气不打一处来，他怒吼一声，把手里的三股神叉远远地抛了过来。

萨提儿吓坏了，把阿密莫妮往地上一丢四处奔逃。波塞冬的三股叉深深地扎进了岩石中，立刻地动山摇，萨提儿更是胆战心惊抱头鼠窜。说起来，这些萨提儿有点儿类似社会上的小流氓，有机会就干点儿坏事，可胆儿并不大，觉得不对立马开溜。

看看小流氓们吓跑了，波塞冬过来把三股叉从岩石上拔出来，立刻有三股清泉涌出，据说这泉水一直流到现在。接下来的故事走的完全是“英雄救美”的传统老路子，波塞冬看上了阿密莫妮的美貌，而阿密莫妮也感激他的救命之恩，于是这二位就地结成良缘，幕天席地成就了好事。为了表达对阿密莫妮的喜爱，波塞冬把这块泉水流淌的地方就叫做“阿密莫妮”，不过听起来更好像是纪念自己的英雄救美行为。

劫持阿密莫妮

贾可莫蒂（瑞士）

布面油彩

225厘米 x 162厘米

现藏里耳雷蒙拉法丘美术馆

上面这幅画是瑞士画家贾可莫蒂创作的《劫持阿密莫妮》，描绘的就是喜结良缘之后，波塞冬为了在新女朋友面前显摆，派了两个长着鱼尾巴的水怪载着阿密莫妮在海面上兜风。可能是第一次这么跩地乘风破浪，阿密莫妮还有点儿不习惯，她紧张地抓着那块不知道是衣服还是“帆”的布。不过估计用不了多久，阿密莫妮就能像《泰坦尼克号》中的女主角那样，张开双臂享受无敌海景了。

波塞冬和阿密莫妮后来生了一个儿子，名字叫做瑙普利俄斯，长大后他成了一个著名的航海家。瑙普利俄斯的儿子帕拉墨得斯是希腊远征特洛伊大战的英雄之一，传说他还发明了字母、数字和赌博用的骰子。因为帕拉得墨斯识破了奥德修斯不愿参战的诡计而得罪了他，后来被奥德修斯设计害死了。

第二章 “黄金雨”版宙斯

女人对黄金总是有着天生的喜欢，达那厄也不例外，这二位就这么金光闪闪地成就了好事，后来还生下了儿子珀耳修斯。“珀耳修斯”意思就是“金光闪烁”，所以说这个名字绝对有“纪念意义”！

达那厄是阿尔戈斯国王阿克里西俄斯和欧律狄克的女儿，美丽又温顺，因为王后欧律狄克生下达那厄后就死了，所以阿克里西俄斯国王对这个女儿宠爱有加。然而有一天不好的事情发生了，有个预言家告诉阿克里西俄斯国王说日后他会被达那厄所生的儿子杀死，阿克里西俄斯又惊又怕，为了避免这个不幸发生，他下定决心无论如何也不让女儿结婚生子。

阿克里西俄斯国王马上命人在王宫中造了一座牢固无比的铜塔，把女儿关在了里面。这座塔四面都没有窗户，只在最高层的顶部有一扇小小的天窗，够强能够照进些阳光，达那厄就住在这一层，她的乳母和侍女们住在下面一层。铜塔的大门平时总是紧锁的，钥匙被阿克里西俄斯国王随身携带，大门口日夜都有卫兵们看护，达那厄和仆人们吃的食物等都由专人从大门的一个小洞中传递进来。

就这样，达那厄远离了一切爱慕她的人，除了几个侍候她的女仆，没有国王的允许，任何人都不可能接近她。这下阿克里西俄斯放心了，认为万无一失，他万万没想到的是凡人好防，神仙难缠，众神之王宙斯早被达那厄的美貌迷得“神魂”颠倒，阿克里西俄斯的防卫措施对他来说就跟篱笆墙差不多。有一天宙斯化作一阵黄金雨进入铜塔和达那厄幽会。

女人对黄金总是有着天生的喜欢，达那厄也不例外，她被满天飞洒的黄金雨迷花了眼睛，于是这二位就这么金光闪闪地成就了好事。后来达那厄就在塔中生下了一个儿子，取名珀耳修斯，“珀耳修斯”的意思就是“金光闪烁”，所以说这个名字绝对有“纪念意义”！

达那厄
真蒂莱斯基（意大利）
布面油彩
164厘米 x 228厘米
现藏美国克利夫兰博物馆

可怜的阿克里西俄斯还一直蒙在鼓里，一听说女儿“未婚先孕”，自己已经“荣升”为外公，阿克里西俄斯眼都直了，他越想那个预言越害怕，于是狠下心来派人把这母子俩装到一个大箱子里抛入了大海。幸运的是他们漂流到塞里福斯岛附近时被一个渔夫救起，后来珀耳修斯被塞里福斯的国王波吕得克忒斯收养。

珀耳修斯渐渐长大成人，波吕得克忒斯国王对达那厄的追求也越来越强烈，他一直想娶她为王妃，但一次次被达那厄婉言拒绝。波吕得克忒斯感觉长大了的珀耳修斯有点儿碍手碍脚，因此对他百般刁难。感到了国王厌恶的珀耳修斯决定离开，为了报答波吕得克忒斯的养育之恩，他准备在临走之前先为他做一件事：取回蛇发魔女美杜莎的首级。

美杜莎是希腊神话中的一个女妖，戈尔工(Gorgon)三女妖之一。戈尔工三女妖都是有名的蛇发女妖，她们没有头发，头上全是一条条吐着信子的毒蛇，在这三个女妖中其余两个都是永生的，只有美杜莎可以杀死。

据说美杜莎原本也是一位美丽的少女，因为被雅典娜惩罚才变成这样。有一次美杜莎和海神波塞冬偷情，为了不被波塞冬的老婆安菲特里忒(Amphitrite)发现，这二位费尽心机找到了一个好地方，他们居然躲进了雅典娜的神庙里交欢。波塞冬和美杜莎爽了，可庙主人不干了！雅典娜是什么神？处女神！人家小姑娘哪儿近距离见过这场面？雅典娜又羞又气，立刻施法把美杜莎的一头秀发变成了狰狞的毒蛇。

美杜莎从此不但满头毒蛇舞动，而且性情大变，真的成了“蛇蝎美人”，凡是看到她的人都要倒霉，珀耳修斯要除掉她就是因为这个原因。

有意思的是珀耳修斯要找的这几位“向导”耳不明眼不亮，三个人只有一只眼睛一只牙，大家伙儿轮流使用，当其中一个安上眼睛时，另外两个就是瞎子。看来妖怪也不一定就妖气冲天，也有“弱势群体”。

为了找到美杜莎，在众神的指引下，珀耳修斯先找到了几位“向导”——“白发女妖”格赖埃三姐妹，她们一生下来就满头“发如雪”，因而得名。“白发女妖”格赖埃三姐妹和戈尔工三女妖拥有同一个父亲——福耳库斯，人家宙斯被称为“众神之父”，福耳库斯也有个类似的名头——众怪之父，这位老兄专门生怪物。

有意思的是珀耳修斯要找的这几位“向导”耳不明眼不亮，三个人居然只有一只眼睛一只牙，大家伙儿轮流使用，谁吃饭谁就装上那只牙，谁要看东西就装上那只眼，当其中一个安上眼睛时，另外两个就是瞎子。看来妖怪也不一定就妖气冲天，也有“弱势群体”。

珀耳修斯充分利用了格赖埃三姐妹的身体劣势，他悄悄地躲藏在黑暗中，在这三个女妖传接眼睛的那一瞬间，他大叫一声跳出来，一下把这只眼睛抓了去！因为眼睛被抢大家伙儿都成了瞎子，三个女妖惊恐万分，不知道发生了什么事，从惊恐中稍稍地冷静下来后，她们恳求珀耳修斯赶紧把眼睛还回来，有事好商量，什么要求都可以答应他。

珀耳修斯也不是真的想欺负“老弱病残”，问清了寻找美杜莎的路线之后就把眼睛还给了她们。格赖埃三姐妹终于“重见光明”，看清楚了珀耳修斯长啥样，这三个女妖“集体”狠狠地瞪了他“一眼”！

虽然有了寻人线索，但珀耳修斯此行依然危险重重，倒不是怕被美杜莎的蛇发咬伤，最可怕的是任何看到美杜莎的眼睛的人都会变成石头，“美杜莎”一词后来有“致命吸引力的女子”的意思就源于此。珀耳修斯很幸运，他又一次得到了众神的帮助，赫耳墨斯送了他一把能斩妖除魔的曲剑和一双飞鞋，雅典娜送了他一面魔力盾牌，另外珀耳修斯还得到了一个可大可小的皮袋，以及冥王哈得斯的一顶宝贝头盔，戴上它就可以隐形。

珀耳修斯找到美杜莎时，她和另两个蛇发女妖正在睡觉，珀耳修斯戴上了哈得斯的隐身帽，就这样也不敢正眼看她们，怕变成石头。珀耳修斯背对着三个女妖，用光亮的魔力盾牌当镜子，照出了她们的影子，从中找到了美杜莎，然后珀耳修斯悄悄地退着走到了她的跟前，用曲剑砍下了美杜莎的脑袋。

在美杜莎的头被砍掉的那一瞬间，从她的躯干里跳出一匹飞马和一个巨人，他们都是美杜莎和波塞冬在雅典娜神庙偷情的产物，巨人叫做克律萨俄耳，飞马叫做珀伽索斯，是“文艺女神”缪斯们的宠物，后来成了“飞马座”。

美杜莎的头被砍下后依然有把人变成石头的功能，珀耳修斯小心翼翼地把它装到皮袋子里，然后转身就跑。珀耳修斯有隐身帽，那两个被惊醒的蛇发女妖怎么也找不到他，他顺利地逃走了。

穿着赫耳墨斯的飞鞋，珀耳修斯在空中快速地飞行，在经过利比亚时，皮袋中美杜莎的头颅渗出的血液不停地滴落在地上，化作无数的毒蛇，这就是为什么利比亚沙漠中毒蛇特多的原因。

在飞行途中珀耳修斯降落在阿特拉斯国王的国土上，希望能休息一晚再走。阿特拉斯国王有一个结满金果的小树林，因为担心金果被盗，他一口拒绝了珀耳修斯的请求。结果把珀耳修斯给激怒了，他马上伸手把美杜莎的头拿了出来，恶狠狠地瞪着阿特拉斯国王说：“虽然你不愿帮助我，可我还是要送你个礼物！”

珀耳修斯一边说一边把美杜莎的头举到了阿特拉斯国王面前，而他自己则转过头去。这个美杜莎确实神通广大，就剩了个头，还会“变魔术”，阿特拉斯国王立刻被变成了石头。因为他是个巨人，实际上是变成了一座山，他的双肩、双手和骨骼变成了山脊，胡须和头发变成了森林，他的头变成了高耸入云的山峰。

我们从珀耳修斯和阿特拉斯的故事中可以看到一个问题，那就是任何人如果拥有了没有制约的绝对权力，心理上很自然地就会产生一种优越感，一旦有人触及自己的利益或者是在要求得不到满足时，会很容易“以权谋私”。作为客人的珀耳修斯提出了要求，阿特拉斯国王可以接受当然也有权拒绝，然而自认有生杀大权的珀耳修斯被拒后恼羞成怒，马上拿出美杜莎的头来杀死了阿特拉斯。应当说阿特拉斯国王死得有点儿冤枉，我们且想想，如果珀耳修斯没有美杜莎的头，他会怎么样呢？这个故事给现代人的启示是，没有制约、为所欲为的权力是可怕的，所以一定要管好“美杜莎的头”。

杀死了阿特拉斯国王，珀耳修斯也没心思在这儿休息了，他又穿上飞鞋继续赶路。在飞至埃塞俄比亚的海岸边时，珀耳修斯忽然看见一个美丽的少女被绑在岩石上，他落下来一问才知道原来是埃塞俄比亚国王刻甫斯的女儿安德洛墨达，

安德洛墨达与怪兽

皮埃尔·艾蒂安·莫诺

1757年

大理石石雕

高90厘米

现藏美国纽约大都会博物馆

因为她母亲卡西俄帕亚夸耀说自己的女儿比涅柔斯的女儿们——海洋中的女仙还要漂亮，结果惹怒了海仙们，一个个兴风作浪水淹都城，更可怕的是海水中还有一个巨大无比、见啥吃啥的怪物。

城里的人们惊慌失措，这时有个特奇怪的神谕出现了，神谕说只有把王后的女儿安德洛墨达公主送给海怪做食物，才能平息海仙们的怒火，从而躲过这场灾难。祸本来就是王后惹的，人们常说父债子偿，那么母债女偿也很正常，于是埃塞俄比亚的人民强迫国王舍女救国，刻甫斯国王没办法，只好流着眼泪把女儿送到了岸边。

就在珀耳修斯和安德洛墨达说着话的时候，大海里忽然波涛汹涌，海怪来开饭了。珀耳修斯决定英雄救美，他立刻拔出利剑，飞到半空中，然后直冲下来，一剑插入了海怪的背脊，疼痛无比的怪兽狂吼着掀起了惊涛骇浪。珀耳修斯和海怪展开了激烈的搏斗，最终把它杀死了。

诸多名画家都描绘过珀耳修斯大战海怪的情景，在这儿我们可以来看两幅。第一幅是安格尔的《珀耳修斯拯救安德洛墨达》：

珀耳修斯拯救安德洛墨达
安格尔

安格尔这幅画画得相当精细，细致得有点儿过了头，画面中的人物表现过于平面化，画面右下角那个小动物怎么看也不像能掀起惊涛骇浪的凶猛怪兽。相比之下，还是法国画家勒穆瓦纳的《珀耳修斯与安德洛墨达》把这个紧张、激烈的场面表现得更为出色：

珀耳修斯与安德洛墨达

勒穆瓦纳

184厘米×151厘米

现藏英国伦敦华莱士陈列馆

珀耳修斯把安德洛墨达公主从岩石上解救下来，护送回王宫。安德洛墨达公主已经爱上了这个勇敢的人，刻甫斯国王也非常感谢珀耳修斯的救女之恩，立刻为两个人举办了盛大的婚礼。

没想到在婚礼上却发生了意外，刻甫斯国王的弟弟菲纽斯来了，过去他曾向侄女安德洛墨达求过婚，刻甫斯迫于无奈同意了。两个人本来都准备结婚了，但就在这时海仙们找上门来闹事，菲纽斯不敢和海怪决斗，在女朋友最需要他保护的时候悄悄撤了。这回听说海怪死了，美丽可爱的安德洛墨达没死，还要和别人结婚，菲纽斯又难受了，气势汹汹地带着一帮人到珀耳修斯的婚礼上叫嚣着要抢回“未婚妻”。

珀耳修斯将菲纽斯和他的随从变成石头
卢卡·焦尔达诺

珀耳修斯自然不让，于是双方展开了一场混战。菲纽斯带来了200多名全副武装的武士，珀耳修斯这边有点儿寡不敌众，危难时刻他又取出了美杜莎的头，把以菲纽斯为首的捣乱婚礼的人全都变成了大理石雕像。

美杜莎的头
伯恩·琼斯
1887年
布面油彩
155厘米 x 130厘米
现藏斯图加特国家美术馆

见识了美杜莎厉害的安德洛墨达公主对她的头特有兴趣，很想亲眼看一下这个女妖到底长啥样儿。直接观看会变成石头，肯定是不行的，为了满足老婆的好奇心，珀耳修斯开动脑筋想了个好办法，前面这幅画画的就是珀耳修斯通过水井的反射向安德洛墨达展示美杜莎的头。

后来珀耳修斯带着心爱的安德洛墨达回到了塞里福斯家中。这时他的母亲达那厄已经离开了王宫，在雅典娜的神庙里住着，平时就帮着打扫打扫卫生，珀耳修斯找到了母亲，一家人从此过着幸福的生活。

美杜莎的头后来被珀耳修斯献给了雅典娜，雅典娜把它镶嵌在自己的神盾埃癸斯(Aegis)的中央，这件武器的威力立刻为之大增。一直以来美杜莎的头像在西方都是一种非常流行的装饰物，类似咱们国家避邪镇妖之物，神庙的山墙，建筑物的门楣之上、廊柱过道经常可以看到。下面这尊大理石浮雕就是神庙山墙上的美杜莎像，大约创作于公元前600年，像高270厘米，现存科孚岛考古博物馆。

美杜莎
雕塑
约公元前600年

珀耳修斯及其家人死后都被雅典娜接到了天上，成了天上的星座，珀耳修斯化为英仙座（Perseus），刻甫斯化为仙王座（Cepheus），卡西俄帕亚化为仙后座（Cassiopeia），安德洛墨达化为仙女座（Andromeda），均属北天星座。

最后再回头说说珀耳修斯那位怕死的外公阿克里西俄斯，把女儿和外孙弄走之后，他还是惧怕那个神谕，干脆离家出走逃到珀拉斯戈斯。阿克里西俄斯还真不含糊，在这儿他又当上了国王。一天，阿克里西俄斯搞了场运动会，自己兴致勃勃地在台上观看比赛。没想到就在这次运动会上他出了事，被一块铁饼意外砸死，而掷铁饼的运动员正是他躲了躲不掉的外孙珀耳修斯。

珀耳修斯本来是要到阿尔戈斯国去看望外公，他还不知道外公早已离开了自己的国家。途经珀拉斯戈斯时正好赶上有赛事，珀耳修斯闲来无事就报名参赛，结果名次没出来，一飞饼就把外公给拍死了，当初那个预言终于变成了现实。临死的那一刻，阿克里西俄斯忽然发现天意确实难违，无论你跑到天涯海角也无法改变命运女神的安排。

“达那厄”是画家们钟爱的题材，提埃波罗、提香、伦勃朗、克里姆特等大画家都画过，应该说还是提香画得最含蓄，伦勃朗笔下的达那厄向着天空伸出了期待的手，而克里姆特笔下的“达那厄”简直像是一个“春意盎然”的荡妇！

“达那厄”是画家们钟爱的题材，提埃波罗、提香、伦勃朗、克里姆特等大画家都画过，应该说还是提香画得最含蓄，伦勃朗笔下的达那厄向着金色的天空伸出了期待的手，而克里姆特的“达那厄”简直像是一个“春意盎然”的荡妇！

达那厄
提埃波罗
布面油彩
41厘米 x 53厘米
现藏斯德哥尔摩学院美术馆

提香曾经画过好几幅以达那厄为题材的作品，其中以下面这一幅最为出色：达那厄斜躺在床上，仰望着金光闪闪变幻莫测的天空。她旁边那个老仆人激动得嘴都合不上了，啥工具都没工夫准备了，一看天上往下掉金子，干脆直接拎着围裙就扑上去了。

达那厄
提香
1554年
布面油彩
129厘米 x 180厘米
现藏马德里普拉多博物馆

荷兰画家伦勃朗的《达那厄》中没有画出黄金雨，不过一片金光中的达那厄已经说明了一切。请大家特别注意达那厄头上飞着的丘比特，这位平时总是笑眯眯的小爱神难得愁眉苦脸，他的双手中也没有了让人们怀春的“办公用品”——弓箭，而是被绑在了一起。看来众神之王宙斯有特权，在“婚外恋”这方面不需要爱神来牵线搭桥，他自己想怎么来就怎么来。

达那厄

伦勃朗

1638年

布面油彩

185厘米 x 203厘米

现藏圣彼得堡艾尔米塔吉博物馆

奥地利维也纳分离派（这是克里姆特自创的画派）画家克里姆特的《达那厄》充满了情欲的味道：达那厄的身体像子宫中的婴儿胚胎一样蜷缩着，“宙斯黄金雨”在她分开的两腿间流过，达那厄脸上心醉神迷的表情、身体的形状无一不在说明她此刻正在和宙斯化成的黄金雨交合。

这种露骨的表现形式是克里姆特的一大特色，他的作品中一向有着浓厚的性意识，在20世纪初克里姆特甚至被人们称为“性爱画家”。

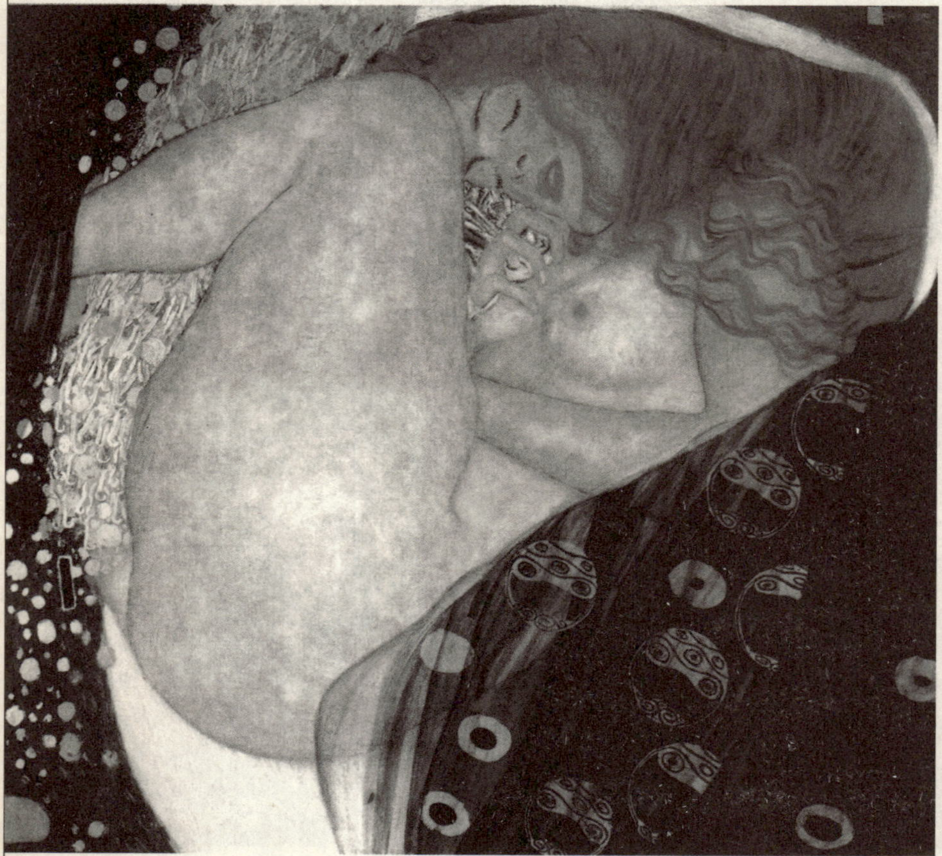

达那厄

克里姆特

1908年

布面油彩

77厘米 x 83厘米

现藏维也纳迪沙尔收藏馆

最后要说一点儿题外话：克里姆特的父亲是个金匠，他和两个弟弟最初都被送到工艺学院学习。不知道是不是有家族“工种遗传”的影响，克里姆特进行艺术创作时最喜欢用大片的金黄色来营造那种辉煌灿烂的美感。

特别喜欢使用金色，画面上总是“金碧辉煌”的克里姆特的作品“含金量”如今也名副其实的世界第一。2006年6月他的一幅《阿德勒·布洛赫鲍尔夫人》的油画以1.35亿美元成交，被化妆品巨头罗纳德·S.劳德收藏，这是迄今为止世界上成交价最高的油画。之前位列世界天价名画第一位的是西班牙画家毕加索的《拿烟斗的男孩》，于2004年5月在纽约索斯比拍卖行以1.04亿美元的价格被拍卖。

下面这一幅就是目前为止世界第一天价名画——克里姆特的名作《阿德勒·布洛赫鲍尔夫人》。

阿德勒·布洛赫鲍尔夫人

克里姆特

1907年

布面油彩

181厘米 x 84厘米

现藏维也纳历史博物馆

第三章 “安菲特律翁”版宙斯

安菲特律翁打完仗要回家了，宙斯马上变化成他的样子，提前“凯旋”，阿尔克墨涅当然无法分辨真假，于是高高兴兴地被这个“赝品”占了便宜。

在上面丽达的故事中，我们谈到丽达被宙斯占了便宜之后，一共产下了两只蛋，这两只蛋分别孵出了“原配老公”廷达瑞俄斯的龙凤胎儿女和“奸夫”宙斯的龙凤胎儿女。像这样“同卵异父”的双胞胎事件真正出现的概率几乎为零，据说在现代社会中曾经出现过一次：一位外国的女同志上半夜下半夜分别和不同的男人狂欢，估计卵子也和主人一样有点儿兴奋，居然来者不拒，在同一天接受了两个男人的精子，于是十个月之后这个女人生下了一对同母异父的双胞胎。

对于众神之王宙斯来说，玩婚外恋是常事，“同卵异父”的情况也绝不止丽达这一次！

宙斯与达那厄生下的儿子珀耳修斯有个美丽的儿媳妇叫做阿尔克墨涅（Alcmene），她是英雄安菲特律翁（Amphitryon）的妻子。在这两个人的婚礼上出了点儿事，安菲特律翁无意中打死了迈锡尼王埃勒克特律翁，夫妻二人不得不因此逃离家园。

安菲特律翁和妻子最后来到了忒拜城，科瑞翁国王收留了他们并且委以重任。不久安菲特律翁便带着军队去征讨特莱博埃人，把阿尔克墨涅一个人留在家里，宙斯一看有机可乘，于是乘虚而入。

宙斯早就看上了阿尔克墨涅的美貌，但阿尔克墨涅并不是水性杨花的女子，宙斯一般不霸王硬上弓，他也没时间没心情去慢慢地追女仔，他最喜欢的是充分发挥自己“变化无常”的优势，让人稀里糊涂地跟他成就好事。安菲特律翁走了一段时间之后，宙斯来了。一天他看到安菲特律翁打完仗要回家了，马上变化成他的样子，提前“凯旋”，阿尔克墨涅当然无法分辨真假，于是高高兴兴地被这个“赝品”占了便宜。

真正的安菲特律翁很快也回来了，自然少不了又是一番颠鸾倒凤。阿尔克墨涅虽然觉得有点儿奇怪，也没多想，还以为是夫妻小别胜新婚，她却不知道自己已经同时怀上了宙斯和安菲特律翁的孩子。

在婚外情方面，宙斯虽然有点儿不择手段，却也基本上是敢作敢当，对于自己的私生子他都认账。在阿尔克墨涅快要分娩的那天，众神都聚集到了奥林匹斯山的万神殿，宙斯高高兴兴地宣布：我的儿子，一个伟大的英雄要诞生了！

领导的风流韵事早就成为奥林匹斯山上茶余饭后最受欢迎的话题，这次不过又是一个小花絮而已，众神一阵欢呼，只有一个人牙根儿咬得咯咯响，那就是天后赫拉。知道又多了个情敌后，赫拉心里早就酸得能酿醋了，眼看阿尔克墨涅又要成为宙斯最喜爱的儿子的母亲，她更是嫉恨无比。

根据以往的经验，赫拉很清楚不能跟宙斯顶着干，她灵机一动想出了一个好办法。赫拉尽量挤出点儿笑容，“笑眯眯”地先祝贺宙斯又生贵子，自己这个“大妈”无比高兴，铺垫完成后赫拉立刻转入正题。她说虽然众神都知道这个孩子是最高领导的亲骨肉，不过他名义上首先还是珀耳修斯的长孙。为了充分体现宙斯大神的优良基因，尽量为“太子爷”安排个好前程，同时又不让众人嫉妒，主管生育的赫拉“大妈”自告奋勇地说愿助一臂之力。赫拉说经过她的调查和了解，珀耳修斯的家族中这两天要生产的只有阿尔克墨涅，她将生下珀耳修斯的第一个孙子，因此请宙斯宣布第一个出生的珀耳修斯的孙子，也就是他的长孙，将成为阿尔戈斯的最高统治者，他将统治珀耳修斯其他的子孙。

一看一向喜欢争风吃醋的天后突然变得如此通情达理，宙斯乐得嘴都合不上了，马上发了个“生育一号令”，宙斯懒得动脑筋，完全照搬赫拉刚才说的话拟稿。接下来宙斯和众神们推杯换盏高高兴兴地喝着小酒，等着儿子的降生，赫拉心里暗暗冷笑，她悄悄走出了神殿，立刻赶往阿尔戈斯(Argos)。

在阿尔戈斯有一个怀着七个月身孕的女人，她也是珀耳修斯的儿媳妇，肚子中怀着的也是珀耳修斯的孙子。赫拉主管婚姻和生育，她命令分娩女神把阿尔克墨涅的生育时间推迟了七天七夜，同时让阿尔戈斯的这个女人早产，生下了一个叫做欧律斯透斯（Eurystheus）的儿子，阿尔克墨涅随后生下了赫拉克勒斯和伊菲克里斯一对双胞胎。

发现自己被老婆给耍了之后，宙斯十分气愤，但也不得不信守自己的誓言。

赫拉马上把奶头从赫拉克勒斯的嘴里拔出来，乳汁喷溅出来，形成了一条“乳汁之路”，这就是我们晚上看到天上的“银河”，英语是“Milky way”，众神的宫殿都在这条“银河”的两边。

虽然首战告捷，但赫拉心中的嫉恨一点儿也没有减退，赫拉克勒斯终生都受到她的迫害。

不知道什么原因，阿尔克墨涅生下孩子后忽然有一种不祥的预感，她相信孩子在宫中不安全，于是就派人把他转移到了城外，没想到孩子却恰恰落到了死对头赫拉手里。一天，赫拉在雅典娜的陪同下路过这里，看到小赫拉克勒斯后，两个人都被他的可爱所吸引，赫拉的母性瞬间发作，她怜惜地抱起孩子给他喂奶。

赫拉克勒斯一口叼住天后的奶头吮吸起来，赫拉没想到一个小孩子竟然会有这么大的力气，立刻感到疼痛无比，她马上把奶头从赫拉克勒斯的嘴里拔出来，她的乳汁一下喷溅出来。你别说到底是天后级的人物，双乳就这么随便一甩，“射程”够远，赫拉的乳汁直喷向天空，形成了一条“乳汁之路”，这就是我们晚上看到的天上的“银河”，英语是“Milky way”，众神的宫殿都在这条“银河”的两边。

银河的起源

鲁本斯

布面油彩

181厘米 x 224厘米

现藏马德里普拉多博物馆

关于“Milky way”还有件趣闻，20世纪30年代咱们国家有位翻译家曾经想当然地把“Milky way”翻译为“牛奶路”，鲁迅先生看到后作打油诗一首戏之曰：“可怜织女星，化为马郎妇。乌鹊疑不来，迢迢牛奶路。”

鲁迅在《风马牛》一文中写道：

这故事无须查字典，在图画上也能看见。却说希腊神话里的大神宙斯是一位很有些喜欢女人的神，他有一回到人间去，和某女士生了一个男孩子。物必有偶，宙斯太太却偏又是一个很有些嫉妒心的女神。她一知道，拍桌打凳的（？）大怒了一通之后，便将那孩子取到天上，要看机会将他害死。然而孩子是天真的，他满不知道，有一回，碰着了宙太太的乳头，便一吸，太太大吃一惊，将他一推，跌落到人间，不但没有被害，后来还成了英雄。但宙太太的乳汁，却因此一吸，喷了出来，飞散天空，成为银河，也就是“牛奶路”，——不，其实是“神奶路”。但白种人是一切“奶”都叫“Milk”的，我们看惯了罐头牛奶上的文字，有时就不免于误译，是的，这也是无足怪的事。

鲁迅先生看到的那幅画不知道是不是丁托列托的《银河的起源》，这幅同名作品比鲁本斯的那幅构图稍复杂些：一天，趁天后赫拉熟睡时，宙斯派了个神使抱着赫拉克勒斯悄悄地来到她身边，想让他偷吃点儿赫拉的奶水，增加点儿“神气”。估计赫天后平时总裸睡，神使来了不用麻烦直接就把赫拉克勒斯放到她胸前，饥饿的赫拉克勒斯一口叼住奶头吮吸起来。睡梦中的赫拉惊醒了，一看情敌的儿子偷奶吃，立刻把奶头从小孩嘴里拔出来，奶水喷涌而出，像上飞射的奶汁形成了天上的银河，向下溅落的则落到了地上，生成了百合花。

因为原画下面被截去了一块，位于下端的白色百合花现在已经看不到了。

被咬疼了的赫拉气恼地把小赫拉克勒斯扔到地上，雅典娜心疼地把他又抱起来，她来到最近的一座城市，亮出自己的身份，把孩子当作弃婴交给了这个城的王后抚养。而这位王后正是阿尔克墨涅，她一眼就认出了自己的孩子，看到他有了神明的保护，阿尔克墨涅更是欣喜若狂，安心地把孩子放到摇篮里。

此时赫拉也已经知道了这个孩子是谁，她非常后悔，自己一时粗心居然错过这么好的一个报复机会。赫拉克勒斯虽然只吃了一口自己的奶汁，却已是受益无穷，赫拉咬牙切齿地发誓一定要把他弄死在摇篮之中。

赫拉克勒斯未满周岁时，一天他正和双胞胎弟弟伊菲克里斯一起在摇篮里睡觉，赫拉派了两条大蛇半夜爬进房去吃掉他。我们上面说过，虽然名义上是双胞

银河的起源
丁托列托
约1575年
布面油彩
148厘米 x 165厘米
现藏英国伦敦国家美术馆

胎，但赫拉克勒斯是宙斯的儿子，而伊菲克里斯是安菲特律翁的儿子。血源上的不同注定这两个孩子能力的天差地别，伊菲克里斯看到大蛇只知道大声尖叫，而赫拉克勒斯却毫不畏惧，一手一只紧抓住蛇的七寸，活活把它们给捏死了。

这件事情发生之后，安菲特律翁觉得有点儿不对头了，他立刻招来了预言家提瑞西阿斯。提瑞西阿斯预言说："我发誓，许多妇女晚上卷羊毛时，将会歌颂你这个儿子，他将成为人间最伟大的英雄！"安菲特律翁终于明白了奇迹发生的原因，不过他并没有被戴绿帽子的愤怒和屈辱，反而高兴地接受了这个养子，比培养自己的孩子还上心。

老婆生了别人的儿子，就因为"事主"是宙斯，安菲特律翁不但不觉得丢人，反而还感觉挺荣耀的。从这件事上，我们可以看出，“对事不对人”这话大多不是心里话，很多时候很多事情人们都是“对人不对事”。

在中国的传说中这样的故事也不少，比如汉高祖刘邦，据说这位真龙天子确确实实是“龙的种”。刘邦的妈有一次在野外大泽边睡觉，“梦与神遇，是时雷电晦冥”，这话的意思就是说刘邦的妈做了个春梦，梦到位金甲神人要非礼她。据刘邦他妈后来说，她一梦到这位金甲“色神”就吓昏了，这位老兄后来到底干了些什么她一点儿不知道。不过刘邦的爹对这事倍儿清楚！那一天刘太公一看外面又打雷又刮风的不放心，就跑出来找老婆，走到大泽附近，一眼正看到条蛟龙趴在她老婆身上扭来扭去，老刘头儿就这样眼睁睁地被条龙给戴了绿帽子。于是刘邦的妈怀了孕，后来生下了刘邦，《史记》上说刘邦得长颈高鼻，左大腿上有七十二颗黑痣，不知道是不是那条龙留下的认亲标志。

要说刘太公可称为是中国第一位基因学研究专家，对刘邦这云里雾里的出身一点儿没在意，一门心思要做遗传学实验，“叶公好龙”那是说的好听，刘太公是真好龙，他之所以给儿子取名为“邦”，就是想看看他长大后能不能成为人中之龙！为了能尽量减少外界干扰，刘太公后来干脆把大儿子分了出去，自己带着刘邦过日子，从此刘太公一心一意地“望子成龙”。可惜刘邦渐渐长大后，却一点儿看不出优良品种的优越性，他小时候就在街上混，整日游手好闲，偷鸡摸狗拔蒜苗，啥事都干！刘太公也曾经小心翼翼地说过这个“养子”几次，后来看看没啥用就闭嘴了，怕管得太多，他再来个基因突变啥的，影响实验效果。

后来的故事证明刘邦确实不是一般人，自然也就没人笑话刘太公，老头儿的绿帽子甚至让无数人羡慕不已，真是混账透顶！

虽然是过失杀人，赫拉克勒斯还是被送上了法庭。以公正闻名的法官拉达曼提斯最后宣判他无罪，并且为此特地制定了一条法律，那就是由于自卫而致人于死者不得判处死刑，这恐怕是最早的“正当防卫”法规。

为了让老婆亲自生下来的这个“养子”得到最好的教育，安菲特律翁把能找到的英雄都请了来，有的教射箭，有的教拳击摔跤，有的教唱歌，有的教文化……安菲特律翁还亲自上阵，教赫拉克勒斯驾驶战车。

赫拉克勒斯勤奋好学，但他的脾气挺暴。教他拼写文字的利诺斯是太阳神阿波罗的儿子，“火气”也不小。一天赫拉克勒斯被利诺斯责打，赫拉克勒斯认为不公平，于是随手抓起手边的一把琴反击，结果一下子把老师的脑袋给开了，利诺斯立刻倒地死了。这下赫拉克勒斯可傻眼了，他根本没想杀人，只是没压住火，忘了自己是天生神力，一时失手把老师给打死了。

虽然是过失杀人，赫拉克勒斯还是被送上了法庭。以公正闻名的法官拉达曼提斯了解情况后最后宣判赫拉克勒斯无罪，并且为此特地制定了一条法律，那就是由于自卫而致人于死者不得判处死刑，这恐怕是世界上最早的“正当防卫”法规了。

领教了儿子的厉害后，为了避免赫拉克勒斯再惹事，安菲特律翁把他送到了马人喀戎那里。在喀戎的悉心教导下，赫拉克勒斯渐渐地长成了一个正直、勇敢的青年，而且是全希腊最英俊、最健壮的男子，他锄强扶弱、见义勇为，众神和凡人都喜爱他。成年后的赫拉克勒斯娶了忒拜国王克瑞翁的女儿墨伽拉，她后来给他生了三个儿子。

为了让赫拉克勒斯的天生神力发挥最大的作用，诸神都给他送了礼物，赫尔墨斯送了他一口锋利的宝剑，太阳神阿波罗赠他无敌的神弓神箭，雅典娜送他件盔甲。

下面这尊雕像是布德尔的《拉弓的赫拉克勒斯》，作者布德尔说：“我要把

拉弓的赫拉克勒斯
安托万·布德尔（法）
1909年
青铜雕塑
高37厘米（不包括弓）

他塑造成为这样一个形象，他突然出现在惊讶的世界面前，充分显示出自己创世的力量。”

我们上面说过，因为欧律斯透斯比赫拉克勒斯抢先一步来到人世，他成了珀耳修斯的长孙，自然也就享受当初宙斯“生育一号令”中的特权，懦弱胆小的欧律斯透斯后来果然当上了阿尔戈斯地区密刻奈国的国王，而盖世英雄赫拉克勒斯则成了他的臣民。

赫拉克勒斯不想为无能的欧律斯透斯效力，为此他来到得尔斐神庙请求神谕，神谕告诉他欧律斯透斯“不正当竞争”得来的统治权肯定会进行纠正，不过宙斯既然有言在先那也不能不考虑，赫拉克勒斯要想出头，首先必须完成欧律斯透斯交代他的十项任务。

知道自己必须卑下地听命于欧律斯透斯，赫拉克勒斯非常郁闷，用现在话说是得了忧郁兼恐惧妄想症。天后赫拉听说后暗暗高兴，她在暗中施法，让赫拉克勒斯更加心烦意乱，最终由忧郁转向发疯。赫拉克勒斯完全失控了，他竟然想杀死自己平时最喜爱的一个侄子伊俄拉俄斯。伊俄拉俄斯非常机灵，一看情况不对

休息的赫拉克勒斯
利西普斯
约公元前4世纪
大理石复制品(原作为青铜)
高310厘米
现藏意大利那不勒斯国立美术馆

赶快跑掉了。疯了的赫拉克勒斯把自己的三个儿子全给射死了，在他眼里射杀的不过是三个巨人。

赫拉克勒斯疯了很久才恢复理智，这期间他糊里糊涂做了许多不该做的事，清醒过来之后，赫拉克勒斯为自己的所作所为痛心不已，好长一段时间闭门不出。后来他终于打定主意，接受国王欧律斯透斯的命令，以便让自己尽早脱离苦海。看到赫拉克勒斯终于来了，欧律斯透斯给他安排了十大艰巨无比的任务。

几乎每一本关于希腊罗马神话的书中都用相当多的篇幅描述赫拉克勒斯的这段故事，文字之多甚至远超过维纳斯、丘比特、阿波罗、雅典娜等等神祇，但是普通的中国人却连赫拉克勒斯这个名字都很陌生，他的知名度远远没有这几位高。读过赫拉克勒斯的故事之后大家就会明白，其实出现这种情况一点儿也不奇怪，因为这些故事不但非常雷同，而且传奇性并不强，所以咱们在这里也不多废话，就把赫拉克勒斯的所谓“十二大功勋”挑精彩的内容简单说一下。

赫拉克勒斯的第一件任务是杀死涅墨亚巨狮，并且取回它的皮。这只狮子生活在伯罗奔尼撒的森林里，关于它的来历众说纷纭，有的说是巨人提丰和蛇妖厄喀德所生，有的说是月亮上掉下来的“外星生物”。涅墨亚巨狮毛丰皮厚，人类的武器根本伤害不了它。开始时赫拉克勒斯想用箭射死它，但一连几支箭射在狮子身上，就像射在石头上一样反弹回来，狮子毫发无损。赫拉克勒斯的棍子对它也没多大作用。最后力大无穷的赫拉克勒斯卡住狮子的脖子，用手臂活活勒死了它。

然而狮子的皮却怎么也剥不下来，无论是用尖利的石片还是利刃都无济于事。最后赫拉克勒斯想出了一个好办法，他用狮子的利爪在它身上划了个口子，终于成功地把狮子皮剥了下来。赫拉克勒斯用这张坚韧无比的狮皮为自己做了面盾牌，用狮子的上下颚做了个头盔。当国王欧律斯透斯看到赫拉克勒斯带着可怕的涅墨亚巨狮的皮和头骨回来时，他被赫拉克勒斯的神力所慑服，竟然吓得躲在一口锅里不敢出来。从此以后，欧律斯透斯连正眼都不敢看赫拉克勒斯一眼，有什么事都让珀罗普斯的儿子科普柔斯传达。

赫拉克勒斯的第二件任务是杀死九头蛇许德拉。许德拉是巨人提丰和蛇妖厄喀德的女儿，她身躯巨大，凶猛无比。许德拉的九个头中有八个是可以杀死的，只有中间那一颗是杀不死的。

赫拉克勒斯叫上堂兄伊菲克勒斯的儿子伊俄拉俄斯一起上路了，这个侄子是他形影不离的好拍档。找到九头蛇后，赫拉克勒斯毫不畏惧地冲上去，举起手中的木棒把她的头一个个敲碎，然而九头蛇确实不含糊，精通“克隆”之术，每被敲碎一个头就在原来的地方长出两个一模一样的。赫拉克勒斯满头大汗敲了半天，九头蛇的头不但一个没少，反而多得快数不清了，他急忙招呼侄子过来帮忙。

伊俄拉俄斯拿着火把冲了上来，赫拉克勒斯每打碎一个蛇头，他就赶忙上去用火烧，不让新头长出来。这个办法果然有效，九头蛇的头越来越少，最后赫拉克勒斯一棍子把它那个打不死的头也打掉了，然后挖个深坑把这个头埋在里面，并压上了一块大石头。九头蛇终于被杀死了，赫拉克勒斯把蛇身一劈两半，把自己的箭在蛇血里浸泡，从此以后，他的箭就有剧毒，无论谁被射中都无药可治。

赫拉克勒斯杀死九头蛇

赫拉克勒斯的第三件任务是生擒刻律涅亚山上长着金角铜蹄的赤牝鹿。这只鹿是狩猎女神狄安娜当年练习射猎的五只鹿之一，也是唯一的幸存者，赫拉克勒斯整整追了一年多才在拉冬河岸边活捉了这头鹿。

赫拉克勒斯的第四件任务仍然是抓捕动物，欧律斯透斯派他去捕捉厄律曼托斯山的野猪。赫拉克勒斯最终在冰天雪地里活捉了这头猪。这里我们要插一句，就是在执行这次任务时，赫拉克勒斯的毒箭误伤了善良的马人喀戎的膝盖，浸了蛇毒的箭伤无药可医，偏偏喀戎又是永生的，他只能在世上活受罪，直到赫拉克勒斯解救普罗米修斯时他才得到解脱。

赫拉克勒斯的第五件任务是在一天之内把奥革阿斯的牛棚打扫干净。欧律斯透斯国王见武力方面难不倒赫拉克勒斯，就改变思路让他去干有侮辱性的工作。奥革阿斯是伊利斯的国王，他养了三千多头牛，牛棚里的牛粪多年未扫，堆积如山，臭气冲天。奥革阿斯不相信有人能在一天之内把牛棚清扫干净，他和赫拉克勒斯打赌说如果他做到了，就把牛群的1/10送给他作为酬劳。

聪明的赫拉克勒斯早有妙法，他在牛棚地势高的一边挖了条深沟，然后把附近两条大河的水通过这条沟引到牛棚，河水不断地向地势低的那端流出去，就这样把牛棚里面的牛粪冲刷得干干净净。赫拉克勒斯用这种办法既保住了尊严没当“弼牛温”，又迅速完成了任务。然而当他高高兴兴回去复命时，欧律斯透斯却宣布此次任务无效，因为赫拉克勒斯从中获得了报酬，他马上又派赫拉克勒斯去完成第六件任务。

赫拉克勒斯驯服克里特公牛

赫拉克勒斯的第六件任务是赶走斯廷法罗斯湖的怪鸟。这是一群长着铁一样坚硬的尖嘴、利爪和双翼的猛禽，经常袭击周围的人们和牧畜。最可怕的是这种鸟个个都是个好射手，可以把自己的羽毛像利箭一样发射出来。

赫拉克勒斯站在湖边看着铺天盖地的怪鸟发了愁，这时“智慧女神”雅典娜出现了，她送给赫拉克勒斯两只巨大的铜钹，原来这是火神乌尔甘特意铸造出来对付这种怪鸟的。赫拉克勒斯大喜，谢过女神后他使劲敲响了铜钹，铜钹发出了震耳欲聋的声音，湖上的怪鸟受不了这种噪音，哇哇乱叫着满天乱飞。赫拉克勒斯赶快放下铜钹抓起弓箭，简直就不用瞄准，跟串糖葫芦一样，随便一箭就能射下好几只，没死的鸟儿四散飞走，从此再也不敢回来。

赫拉克勒斯的第七件任务是驯服克里特岛上的公牛。这头牛就是我们上面讲过的弥诺斯向波塞冬祈求的那只，因为他没兑现诺言，波塞冬大怒，一生气牛也不要了，他施法让这只蛮牛发了疯，在岛上横冲直撞，造成了极大的损失。

克里特岛上没有人能够降服这头公牛，赫拉克勒斯的到来让弥诺斯国王喜出望外。在国王的大力协助下，赫拉克勒斯顺利制服了这头牛。

赫拉克勒斯的第八件任务是把狄俄墨得斯的一群烈马带回密刻奈。狄俄墨得斯是战神马尔斯的儿子，他生性残忍，养的马也暴烈无比，必须用铁链子拴在铜马槽上才行。更恐怖的是这些马不吃草，全都是肉食动物，而且吃的是人肉，凡是到这个城里的外乡人，都被狄俄墨得斯捉住扔进马槽喂马。赫拉克勒斯来了之后以其人之道还施其人之身，他把狄俄墨得斯扔进了马槽，奇怪的是马儿们吃了他的肉后马上变得服服帖帖，一匹匹老老实实地被赶出了马圈。

赫拉克勒斯的第九项任务是夺取阿玛宗女王希波吕忒的金腰带，据说这是战神马尔斯赐给她的。希波吕忒后来成了忒修斯的妻子。

关于阿玛宗人有这样的传说：当年有一批贵族被流放到黑海、里海以东以北的庇提亚地区，那时的庇提亚还是一片荒野，外人几乎无法进入。这些贵族人数众多，他们来到了小亚细亚东部的一个古国卡帕多西基亚的特尔莫顿河地区，占领了忒弥斯基拉人的田地，靠着抢掠和盘剥当地人为生。这些外来者后来竟以极其残忍的手段杀死了当地的大部分男人，企图称霸整个庇提亚。

当地的土著们再也无法忍受了，女人们拿起武器与剩下的少数男人一起反抗，第一次战斗便将这些外来的贵族赶出了自己的国门。初战告捷给了女人们很大的信心，她们居然打仗打上了瘾，政权巩固之后，她们又对邻国发动了战争。

由于自己国家的男子没剩下几个，要想成家只能和别的国家通婚，然而女人们觉得这样做，自己所处的地位与其说是妻子，还不如说将沦为奴隶，于是她们一致决定再不结婚。这帮女人绝对是偏执狂，一看国内“硕果仅存”的那几个男人不好分配，一商量干脆把他们全给宰了，成了个彻彻底底的女儿国。

没有了家庭牵挂的女人们一门心思打仗，很快就成了一支战斗力超强的娘子军。为了确保国家不绝种，这些女子有办法，她们轮流到相邻地区与男人睡觉，怀孕后立即回家。在这个国家出生的所有男婴一出生就被杀掉，女婴则被悉心抚养，长大后全部从军作战。在这些女婴很小的时候，女人们就用火和药物使她们的右乳萎缩，以免它长大后妨碍拉弓射箭，而女童的左乳则完好无损，将来可以哺育孩子。这个做法使她们获得了“阿玛宗”之名，希腊语是一只乳房的意思。

阿玛宗女子对烹饪、女红等等一概不感兴趣，她们的日常生活中主要就是骑马、打猎、习武、射箭。在这样高强度的训练下，年轻的阿玛宗女子迅速强悍起来，具备了同男人抗争的力量和作战技巧，邻近国家的男人们都对她们心怀畏惧。依靠艰苦的训练和旺盛的斗志，阿玛宗女人不但保卫了祖先传下来的地盘，而且通过征战占领了亚细亚的大部分地区，拥有了欧洲的部分土地。

在男人们被杀光之后，阿玛宗女子便公推马佩西娅（Marpesia）与蓝佩朵（Lampedo）两姐妹为女王，统帅部队。这两位女王都以精通武艺而闻名，她们各有分工，一位率军征服邻国，将其纳入阿玛宗帝国，另一位则留在国内保卫家园，她们轮流出征。然而有一次，蓝佩朵率军出国迎战敌人时，邻国的井台蛮人突袭阿玛宗国，杀死了过分自信的马佩西娅，所幸她的几个女儿活了下来。关于蓝佩朵的情况则没有详细的记载。

我们现在说到的希波吕忒就是马佩西娅的后人，她看上了赫拉克勒斯，愿意把金腰带主动给他。但是由于天后赫拉暗中造谣生事，阿玛宗女人们以为赫拉克勒斯要拐走她们的女王，纷纷拿着武器出来保家卫国，于是双方展开了一场恶战。赫拉克勒斯最后抓住了阿玛宗人的另一位首领墨拉尼珀，用她作为交换换来了那根金腰带。

赫拉克勒斯的第十项任务是把巨人革律翁的牛群赶来。革律翁身材高大，外形和咱们中国神话中的小哪吒有点儿相似，他有三头六臂，还有六只脚。革律翁养着一群红色的牛，由一只凶恶的双头狗和另一个巨人看守。

革律翁的父亲是著名的伊柏里亚国的国王克律萨俄耳，他以富有而远近闻名；革律翁还有三个和他一样身强力壮的巨人兄弟，他们每个人都统领着一支骁勇善战的部队。赫拉克勒斯知道此次的任务非常艰巨，因此在出发前他做好了充足的准备，他在克里特岛上集结了一支精锐的部队，然后乘船出发了。

赫拉克勒斯的队伍先到达利比亚，在这里他同利比亚的统治者，一个叫做安泰俄斯的巨人进行了一场较量。赫拉克勒斯接连三次将安泰俄斯击倒在地，但每次只要一接触到大地，安泰俄斯立刻就可以重新恢复力气。原来安泰俄斯是地母盖亚的儿子，不管消耗了多少力气，只要接触到大地，他的母亲就会传递给他新的力量。赫拉克勒斯发现这个秘密后，就用双手把安泰俄斯举到了半空，然后用有力的双臂把他扼死了。

赫拉克勒斯与安泰俄斯
波拉尤奥罗（意大利）
1475年
青铜雕塑
高46厘米
现藏佛罗伦萨国立巴契罗美术馆

赫拉克勒斯率领他的队伍艰难地穿过利比亚沙漠，来到了大西洋边，这时赫拉克勒斯又展示了他的天生神力，他将一座挡住去路的山一劈两半，海水从中间直灌进去，这就是现在的直布罗陀海峡。被分为两片的山如今依然矗立在海峡两岸，人们称它们为“赫拉克勒斯石柱”。

经过长途跋涉，赫拉克勒斯的队伍终于到了伊柏里亚。革律翁的三个巨人兄弟早就率兵在这里等着了，赫拉克勒斯只用了两次战斗就把三个巨人杀掉了。最后赫拉克勒斯来到了厄律提亚，找到了革律翁和他的牛群。在激战中天后赫拉前来帮助革律翁，赫拉克勒斯一箭射中了她的胸部，赫拉转身逃掉了。赫拉克勒斯最终杀死了革律翁，顺利完成了任务。

至此赫拉克勒斯已完成了十项任务，但其中两项欧律斯透斯认为不算数，他不得不再补做两件。赫拉克勒斯的第十一项任务是摘取天后赫拉花园中金苹果树上的金苹果，这棵树是宙斯和赫拉结婚时，地母盖亚送的结婚礼物。

赫拉克勒斯根本不知道天后赫拉的花园在哪里。在众神的帮助下，他捉住了有预言能力的老海神涅柔斯。这位先知知识丰富，给他指了条明路。赫拉克勒斯向着目的地前进了，在途经高加索山时，他解救了被钉在山上受恶鹰折磨的普罗米修斯，被赫拉克勒斯的毒箭误伤而一直痛苦不堪的马人喀戎愿意替他献出生命。

看守金苹果树的是夜神的四个女儿赫斯珀里得姐妹，还有一条长着一百个脑袋，从不需要睡觉的巨龙拉冬，他是“众怪之父”福耳库斯所生。巨龙拉冬凶猛无比，普罗米修斯建议赫拉克勒斯不要亲自去摘金苹果，最好请背负天空的提坦神阿特拉斯帮忙，他的“工作岗位”正好就在赫拉的花园附近。

根据普罗米修斯的指点，赫拉克勒斯找到了阿特拉斯，他请求阿特拉斯到赫斯珀里得姐妹看守的花园替他摘三个金苹果，并答应在阿特拉斯离开时替他背负苍天。阿特拉斯一天24小时全年无休地背着天空不知道已经多少年了，从没有机会出去溜达溜达，听了赫拉克勒斯的话大喜，立马就答应了。于是赫拉克勒斯用自己强有力的肩膀扛起了青天，摆脱了重负的阿特拉斯长出一口气，他终于有一次感受到了没有“压力”的生活的美好。舒松完了筋骨之后，阿特拉斯悄悄地走进了天后的花园，杀死了巨龙，然后骗过了看守者，摘回了三个金苹果。

看到阿特拉斯拿着金苹果回来了，赫拉克勒斯很高兴，没想到阿特拉斯还没玩够，一点儿没有接替赫拉克勒斯的意思，他把三个金苹果往赫拉克勒斯脚下一扔，说道：“轻松的感觉真好，我再也不想扛这个破天了，从今以后这活儿归你了！”

赫拉克勒斯心里一沉，但他知道跟阿特拉斯多说什么都没用，赫拉克勒斯立即想出了条妙计，他对阿特拉斯说：“好吧，阿特拉斯，我愿意满足你的愿望。不过我有个小小的要求，能不能请你先替我扛一小会儿，我要在头上垫点儿东西，不然我的头会被压碎的。”阿特拉斯四肢发达、头脑简单，一听这话有道理，就走过去又把天扛了起来。赫拉克勒斯看他上了当，捡起地上的金苹果，头也不回地跑远了。

背负苍天的阿特拉斯
大理石
高2.1米
现藏那不勒斯国立考古学博物馆

赫拉克勒斯的第十二项任务是制服冥王哈得斯的三头看门狗刻耳柏洛斯，并把它带到地面上来。这头狗可不只是比其他狗多长两个脑袋这么简单，它的尾巴就是一条张牙舞爪的巨龙，身上的毛全都是吐着信子的毒蛇，三张大嘴里不停地流着毒涎。

在能够自由出入阴间的神使赫耳墨斯的帮助下，赫拉克勒斯来到了冥府，没想到在这儿还能遇到熟人，他一进门就看到了两位老朋友——忒修斯和庇里扎俄斯。说起来这二位也真够胡闹的，居然胆大包天到想破坏阎王爷的家庭，忒修斯是陪着庇里扎俄斯来向冥后珀耳塞福涅求婚的。听完他们的来意，冥王哈得斯都傻了，回过神来暴怒不止，马上施法将这两个“第三者”锁在了他们休息的一块石头上。赫拉克勒斯救下了忒修斯，当他想打开锁链释放庇里扎俄斯时却失败了，因为此时大地开始剧烈地震动起来，哈得斯发威了。

赫拉克勒斯一回头，正好看到冥王哈得斯怒气冲冲地站在门口。赫拉克勒斯毫不畏惧，抬手就是一箭，毒箭射穿了哈得斯的肩膀，让他第一次感受到了人们受到的痛苦。哈得斯疼得捂着伤口直跳，一看惹不起赫拉克勒斯，只好同意他带走三头狗，不过条件是赫拉克勒斯必须赤手空拳制服它。

三头狗虽凶，那得看对谁，它“龙飞蛇舞”上蹿下跳了半天，终究不是赫拉克勒斯的敌手，被他用双臂紧紧扼住了脖子，差点儿没憋死。赫拉克勒斯找了根铁链拴住三头狗的脖子，把它带到了人间。习惯了黑暗环境的三头狗一看到阳光就不行了，恐惧得口水直流，这些毒涎溅到地面上，立刻长出了有毒的乌头树，直到现在这种植物还在当地繁殖生长。

看到这传说中的三头恶狗，欧律斯透斯吓得躲进了一个大酒桶里不敢出来。事情至此，他终于明白赫拉克勒斯是不可战胜的，他不再向他下达任何命令，只是让他赶紧把三头狗送回地府。

赫拉克勒斯那轻轻松松就扛起苍天的脖子上挂有女人的黄金项链，蓬松的披肩长发上挂满了吕狄亚女人的发饰，粗壮的手臂上戴满了镶着珍珠的手镯，就连十根手指上都套满了指环。翁法勒笑眯眯地给赫拉克勒斯涂脂抹粉，然后穿上了一身华丽的女人衣裳，一个顶天立地的英雄就这么被修理成了一个人妖。

赫拉克勒斯完成了欧律斯透斯安排的十二项任务后回到了忒拜，但他再也不能和妻子一起生活了，因为他当年发疯时把他们所生的三个儿子全给杀掉了，妻子伤心至极。赫拉克勒斯遵从墨伽拉的意愿，让她做了自己的侄子伊俄拉俄斯的妻子，也有点儿肥水不流外人田的意思。

赫拉克勒斯自己也没闲着，他又看上了美艳无比的伊俄勒（Iole），她是俄卡利亚的国王欧律托斯的女儿。赫拉克勒斯在欧律托斯为女儿举办的“比武招亲”活动中技压群雄，战胜了包括欧律托斯国王在内的所有人。然而欧律托斯国王却不想把女儿嫁给他，他想起了赫拉克勒斯的前妻墨伽拉的悲惨遭遇，担心自己的女儿也会遇到这样的情况。

欧律托斯的长子伊菲托斯和赫拉克勒斯同年，他非常崇拜勇猛的赫拉克勒斯，两个人很快成了好朋友，伊菲托斯一直在设法说服父亲欧律托斯接受赫拉克勒斯，但欧律托斯始终顾虑重重，一直在拖延。赫拉克勒斯为此深受打击，他郁闷地离开了王宫，在外流浪了很久。

一天，伊菲托斯找到了赫拉克勒斯，好友相见自然是非常高兴。然而这时他的疯病又发作了，他把这位忠诚的朋友当成了他父亲欧律托斯的同谋者，愤怒地把他从高高的城墙上扔了下去。

赫拉克勒斯清醒过来之后陷入了深深的自责和痛苦之中，虽然是在疯狂状态下杀死了好朋友，但他仍然无法原谅自己。而且这一次神也重重地惩罚了赫拉克勒斯，这位一向力大无比的英雄忽然变得浑身乏力，虚弱至极。

赫拉克勒斯后来费尽周折才从神谕中得知，必须卖身为奴给别人当三年苦差才能洗清自己犯下的罪孽，只有把卖身钱送给被他杀死的伊菲托斯的双亲，才能恢复强壮的身体。对朋友的惨死一直无法释怀的赫拉克勒斯甘心受罚，他和几个朋友乘船来到了亚细亚，把自己卖给了吕狄亚的女王翁法勒为奴。赫拉克勒斯托人把卖身钱转交给欧律托斯国王，但国王拒绝接受，于是钱又被送给了伊菲托斯的孩子们。做完这一切，赫拉克勒斯的病痊愈了，他又像从前一样强壮。

虽然暂时卖身为奴，但赫拉克勒斯的体力一恢复，又开始了行侠仗义的生活，杀死了许多为害百姓的恶徒和怪物。翁法勒女王听说自己新买的这个奴隶的一系列英雄故事后大为震惊，她立刻感到这绝对不是个普通人物，当知道自己买来的是宙斯的儿子赫拉克勒斯后，翁法勒女王马上恢复了他的自由，并且嫁给了他。

然而神对赫拉克勒斯的惩罚并没有就此结束，他必须受够三年的磨难和屈辱才能解脱。赫拉克勒斯在吕狄亚的王宫里过上了奢侈享乐的生活，他肆情纵欲，意志消沉，渐渐迷失了本性，而这位翁法勒女王显然也不是啥贤妻良母，以侮辱这个盖世英雄老公为乐事。

翁法勒女王平时最喜欢玩变性游戏，不过她不动外科手术，以化装为主。在翁法勒的要求下，赫拉克勒斯放下了那根驯妖服怪的大棒，脱下了那张象征着他强大力量的涅墨亚狮皮，摘下了他那著名的狮头盔，把那张强弓和利箭丢得远远的。

翁法勒披着赫拉克勒斯的狮皮，开始用女人的服饰装扮这个听话的老公，赫拉克勒斯那轻轻松松就扛起苍天的脖子上挂有女人的黄金项链，蓬松的披肩长发上挂满了吕狄亚女人的发饰，粗壮的手臂上戴上了镶着珍珠的手镯，就连十根手指上都套满了指环。翁法勒笑眯眯地给赫拉克勒斯涂脂抹粉，然后穿上了一身华丽的女人衣裳，一个顶天立地的英雄就这么被修理成了一个人妖。

就这样翁法勒还不满意，又安排赫拉克勒斯坐在了纺车前，和女佣人们一起纺纱织布。赫拉克勒斯干得还特卖力，为了拉直毛线他努力使自己的手指变得柔软，他完全忘了自己幼年时曾经想方设法让手指变硬，以便能杀死怪物。

遇到翁法勒高兴的时候，赫拉克勒斯还得一边纺线一边讲自己过去的那些英雄故事给她听。比如在摇篮中时如何捏死了两条毒蛇，怎样敲掉九头蛇许拉德的脑袋，怎样杀死巨人革律翁，怎样只身勇闯地府擒获三头恶狗等等。翁法勒女王喜欢听故事，赫拉克勒斯就像个尽职尽责的保姆一样，一遍又一遍不厌其烦地讲给她听。看到昔日桀骜不驯、纵横天下的英雄被自己调教成了个小绵羊，翁法勒莫名地满足。

这样的生活过了一个月又一个月，终于有一天，三年的苦役期满，赫拉克勒斯忽然清醒过来。他长啸一声猛地撕下了身上的女人衣裳，把那些项链发夹扔了满地，他重新披上了自己的狮皮，拿起了弓箭，宙斯那充满神力的儿子终于又找回了自己。

赫拉克勒斯与翁法勒

勒穆瓦纳（法）

184厘米 x 149厘米

现藏巴黎卢浮宫

也有的故事说侮辱赫拉克勒斯的不是翁法勒，而是我们上面说到的伊俄勒，欧律托斯国王的女儿。欧律托斯当年不同意把伊俄勒嫁给赫拉克勒斯，赫拉克勒斯一直怀恨在心，他最终集结了一支大军围攻俄卡利亚，将欧律托斯和他的三个儿子都杀死了，伊俄勒公主也成了他的俘虏。国破家亡的伊俄勒决定报复，她认为用诱惑将一个强大的男人变得虚弱，比杀死他更荣耀，于是嫁给了赫拉克勒斯，利用美貌诱惑把这个杀父仇人改造成了个“女人”。

死神这会儿差点被别人给整死，但他惹不起也打不过赫拉克勒斯，只能悄悄地走了，就像当初悄悄地来，“挥一挥手，不带走一片云彩”。赫拉克勒斯带着阿尔刻提斯回到了王宫，把她交给了阿德墨托斯，一家人死别后重逢，自然对赫拉克勒斯感激不尽。

在赫拉克勒斯因为向伊俄勒求婚不成而在异乡流浪的那段日子里，还发生了一件事，它充分体现了赫拉克勒斯的勇猛。

一天，赫拉克勒斯来到了忒萨利亚的斐赖城，这里的国王阿德墨托斯娶了个年轻美丽的妻子阿尔刻提斯，他们生下了好几个可爱的孩子。看看国富妻美，阿德墨托斯不想死，整天唱的是“我真的很想再活五百年”，然而歌唱得再好听也没用，他连一年也活不了了。在自己的生命即将结束之时，阿德墨托斯使出了最后一招“垂死挣扎”，他把好朋友太阳神阿波罗找来了，这位太阳神现在正在这儿给阿德墨托斯当牛倌。

事情的起因要从阿波罗的儿子阿斯克勒庇俄斯说起。这位有“医神”之称的英雄因为医术过于高超，连死人都能医活，结果因为抢了冥王哈得斯的生意，被他告到了宙斯那里，于是宙斯以“违反生态平衡”为由放了个闪电把阿斯克勒庇俄斯给劈死了。对于儿子的死阿波罗非常痛心，他惹不起宙斯就把火都转移到了为宙斯锻造雷霆棒的三个独眼巨人身上，找机会射死了他们。阿波罗最终被宙斯惩罚为阿德墨托斯放一年的牛。

阿波罗找到了命运女神，要求改变阿德墨托斯的人生，让他再多活几年。命运女神最终同意只要有人愿意替阿德墨托斯死，国王自己就可以摆脱死亡的命运。阿德墨托斯大喜，马上下令让人四处寻找愿意替他死的人。然而他最终大失所望，虽然人们都称赞他是个贤明的君主，但是一听到要为他“捐躯”，没有一个人应声。就连国王自己已经风烛残年时日无多的父母亲也不愿替儿子先死，都想多活几天。

阿德墨托斯彻底绝望了，每天就那么唉声叹气地等死，阿尔刻提斯深爱着自己的丈夫，为了拯救他，她愿意献出自己宝贵的生命。阿尔刻提斯去世了，满城人都被她感动，人们都在祭奠她。在为阿尔刻提斯举行葬礼的那天，赫拉克勒斯正好来到了这座城市。他了解情况后也被阿尔刻提斯的真情所打动，赫拉克勒斯决定把她从死神那里夺回来。

赫拉克勒斯先来到了阿尔刻提斯的墓地，在那儿等着死神的到来。没一会儿阴森森的死神忽扇着翅膀悄无声息地来了。赫拉克勒斯冲上去勒住他的脖子，掐得死神直翻白眼儿，直到他答应不带走阿尔刻提斯，赫拉克勒斯才把他给放了。

死神这会儿差点被别人给整死，但他惹不起也打不过赫拉克勒斯，只能悄悄地走了，就像当初悄悄地来，“挥一挥手，不带走一片云彩”。赫拉克勒斯带着阿尔刻提斯回到了王宫，把她交给了阿德墨托斯，一家人死别后重逢，自然对赫拉克勒斯感激不尽。

故事讲完了，感觉还有句话要说：阿尔刻提斯为爱牺牲的精神确实令人敬佩，不过她那位怕死的老公阿德墨托斯国王表现得有点儿不那么够意思，自个儿死皮赖脸地想多活几年，不惜让年轻的老婆去顶替，实在不像个爷们儿干的事。

赫拉克洛斯的故事我们已经讲得差不多了，最后再来看一段跟他稍微有点儿

与死神搏斗的赫拉克勒斯
莱顿

关系的传说——花神芙洛尔（Flora）的故事。意大利人把每年的4月28日－5月3日定为花神节。芙洛尔原本是位罗马女子，她生性风流又精明狡猾，据说她本是个妓女，死后却被奉为花神。

芙洛尔生前非常富有，但对她巨额财产的来源却众说不一。有人说她凭借着风尘女子惯用的手段，拼命从众多嫖客手中敛财，有一次她骗光了一个富有的男人，终于成了富婆。

另外有些人说芙洛尔的钱财是这样得来的：一天，罗马城内赫拉克勒斯神庙的护卫闲得无聊，就跟《射雕英雄传》中的老顽童周伯通一样来了招儿“双手互搏”，用自己的左手跟右手赌博玩，左手代表自己，右手代表赫拉克勒斯。护卫决定如果左手赢了，也就是自己赢了，便用神庙的钱请自己吃顿饭；如果右手赢了，就用自己的钱请赫拉克勒斯吃顿饭。

按理说，这样赌博百分百护卫赢，然后结果却偏偏是右手赢了，估计是赫拉克勒斯暗中捣鬼。这个护卫本来以为这不过是个游戏，没想到赫拉克勒斯还真的显灵了，笑眯眯地来赶饭局。护卫只好请他吃饭，一想机会难得，还请来了名妓芙洛尔作陪。饭后，芙洛尔陪赫拉克勒斯睡了一觉，她梦见赫拉克勒斯对她说，她清晨离开自己的神庙时会遇到一个男人，这个人将会为她今天提供的服务付钱。

第二天清晨，当芙洛尔走出神庙时，果然遇到了一个非常富有的年轻男子，名字叫做法尼提乌斯。芙洛尔认定他是给赫拉克勒斯还债的，于是使出手段勾引他，结果法尼提乌斯深深地爱上了她，把她带回了家中。芙洛尔与法尼提乌斯在一起生活了很长时间，他去世时指定芙洛尔为继承人，这个女人得到了一大笔遗产，这就是赫拉克勒斯的“嫖资”。

芙洛尔没有后代，在她的生命将要结束时，她忽然十分渴望自己的名字能够永垂史册，为此她颇动了番脑筋，最终想到了这样一个办法：将全体罗马人指定为自己的财产继承人，以使后人永远记住她。不过芙洛尔也有要求，她做出的规定是罗马的人们每年必须在她生日那天举办公共竞技节，费用由她遗产的利息支付，她还对竞技节的形式和内容作了一些规定。

芙洛尔的期望果然没有落空，得到了她的钱财的人们对她赞许有加，人们每年都要在她生日那天举办纪念她的竞技节，并将这个活动命名为“芙洛尔竞技节”。在竞技节期间，除了一些花样百出的放荡行为之外，还有一个保留节目，那就是由妓女们裸体表演哑剧。当地的妓女们可抓住了一个“才艺展示”的好机会，用尽心机用各种下流姿势展示各自的本事，让人们联想到芙洛尔曾经从事的这个行当。

这个活动年年举办，让当地的人们大为开心，人们越来越沉迷其中。时间一长，元老院感到了问题的严重，人们如此热衷于纪念一个妓女，实在是有伤风化，而且对于罗马城的名声也不好。不过元老们也很清楚，要想完全取缔这个大受欢迎的节日也不容易，于是大家一商量决定对它进行改造，为这个节日的来由

花神的凯旋
提埃波罗
布面油彩
72厘米 x 89厘米
现藏旧金山M.H.de.杨纪念博物馆

杜撰了一个故事，在大众中广为传播。

元老们编出来的故事是这样的：从前有一位具有惊人美貌的女神，名叫芙洛尔，她住在罗马。西风神仄费洛斯（Zephyrus）狂热地爱上了她，并最终娶她为妻，芙洛尔从丈夫那里得到了预言未来的法术，同时还具备了一种使树林、山冈和草原在早春披上绿装的能力。因为她掌管着鲜花的开放，女神因此便被称为“花神芙洛尔”。由于人们都喜欢鲜花，而且鲜花开后还会有果实，于是古人们便为花神芙洛尔建造了圣殿和祭坛，向她祈祷丰收。为了庆祝花神的生日，人们在这一天还为她举办了竞技节，一旦这些活动取悦了这位女神，她便会使鲜花到处盛开，使果实大获丰收。

第四章　“乌云”版宙斯

赫拉得知阿耳戈斯死亡的消息后十分可惜，她把他的一百只眼睛都摘下来，当装饰品镶嵌到自己的宠物孔雀的羽毛上，从此才有了我们今天看到的孔雀翎。

伊娥是河神伊那科斯的女儿，宙斯爱上了她，一天他化成一片乌云来到伊娥身边。天后赫拉早就发现老公有点儿不对头，一看天色暗下来了，就知道是宙斯玩的把戏，他一定要偷偷摸摸干点儿见不得人的事。

赫拉拨开乌云，一眼就看到偷嘴的老公正没事人似的坐在小河边哼小曲儿，在他的身边有一头小母牛正走来走去。赫拉号称“牛眼睛”，心明眼亮，立刻就看穿了老公耍的障眼法，她气不打一处来，好！我让你把小美人变成小母牛来蒙人！

赫拉是天界最大的醋坛子，一向见不得老公身边有其他女人，可她偏偏摊上位最喜欢拈花惹草的老公，所以赫拉有着丰富的捉奸经验。有一次把宙斯“捉”火了，两口子干架，赫拉被宙斯用链子倒吊在了奥林匹斯山的柱子上，从此以后赫拉就吸取教训，一般情况下不再跟宙斯顶着干，而是常常玩阴的。

这回也一样，赫拉怕宙斯恼羞成怒，也不当面揭穿他，她溜溜达达来到了小河边，笑眯眯地坐那儿跟宙斯聊大天。小河淌水哗啦啦，阳光灿烂暖阳阳，这一男一女手拉手坐在河边说着话，远远望去还挺温馨浪漫的，谁知道这两口子各怀鬼胎！

聊着聊着赫拉也不知道以过生日还是结婚N周年庆典为理由，要求宙斯把这头可爱的小牛牛送给她当礼物。宙斯心里有鬼，怕老婆发现他偷嘴，对她这么个小要求实在找不到拒绝的理由，就这么一犹豫，赫拉早起身把牛拉走了。

回去之后，赫拉马上把小母牛交给了百眼巨人阿耳戈斯看管。阿耳戈斯不但身强力壮，而且头上长有一百只眼睛，额前脑后全是眼珠子，他睡觉时只需要闭上两只眼，丝毫不影响其他九十八只的正常工作，所以阿耳戈斯是个普天下最好的看守，天生的保安！说“以一当十”那都是客气，阿耳戈斯可以以一当五十！

在赫拉的安排下，阿耳戈斯不分白天黑夜地折磨伊娥，让她吃尽苦头，而且为了不让宙斯找到伊娥，赫拉命令阿耳戈斯经常变换放牧的地点。这一切当然瞒不过宙斯的眼睛，看到自己的小“情人”被赫拉整得痛苦不堪，宙斯十分恼怒，马上把赫耳墨斯叫来，命令他去杀掉阿耳戈斯，解救伊娥。

赫耳墨斯头脑灵活能言善辩，而且芦笛吹得特好，这种乐器还有个名字叫做“绪任克斯”，是山林之神潘的发明创造。赫耳墨斯变成了一个牧人的模样，赶着一群羊来到了关押伊娥的地方，他一边放羊一边吹着芦笛。阿耳戈斯从来没见过这种乐器，更别说听了，他被笛声深深地吸引了，过来和赫耳墨斯愉快地聊起来。

赫耳墨斯吹了会儿小曲儿，又给阿耳戈斯讲了段“潘和绪任克斯的传说”，就这么又是催眠曲又是讲故事，终于把阿耳戈斯给听迷糊了，打着哈欠想睡觉。赫耳墨斯一看火候差不多了，声音愈加轻柔，眼看着阿耳戈斯的眼睛一个、两

个、三个……终于，这位百眼巨人的眼睛全都合上了。赫耳墨斯出手果断，一刀把阿耳戈斯的头切了下来。

赫拉得知阿耳戈斯死亡的消息后十分可惜，但她也没办法，为了表示纪念，也有点儿“废物利用”的意思，赫拉把阿耳戈斯的一百只眼睛都摘了下来，当装饰品镶嵌到自己的宠物孔雀的羽毛上，这就是为什么我们今天看到的孔雀翎上会有只眼睛样花纹的原因。

宙斯与伊娥
柯列乔
布面油彩
17厘米 x 74厘米
现藏维也纳艺术史美术馆

伊娥终于获救了，但她仍然没有回复原形，而赫拉也没有就此罢手，她又放出一只大牛虻，蛰得伊娥满世界乱跑，从斯库提亚到高加索，到博斯普鲁斯海峡，然后横渡俄提斯海，甚至逃到了亚洲，最后伊娥到了埃及，她实在受不了了，在美丽富饶的尼罗河畔，伊娥跪下来请求宙斯解除她的痛苦。

在有悔改表现的宙斯的百般请求下，赫拉终于不再那么愤怒了，宙斯又发誓说他和伊娥只是正常的男女朋友，绝对没有过任何不正当的关系，并且保证以后不再见她，赫拉这才同意宙斯恢复伊娥的原形，并把她送回到她父母的身边。

宙斯立刻赶到尼罗河边，让伊娥恢复了原形，这位大神虽然在老婆面前赌咒发誓，可到嘴的肉怎么会不吃？传说伊娥后来为宙斯生下了一个儿子，叫做厄帕福斯，他是埃及的第一任国王，希腊最伟大的英雄赫拉克勒斯就是他的后人。

厄帕福斯长大后娶门菲斯为妻，生下个女儿取名“利比亚”，现在的“利比亚”这个国家就是以她的名字命名的。

许多画家都画过“宙斯和伊娥”这个题材的作品，其中要数意大利画家柯列乔的《宙斯与伊娥》最为出色，画面表现的是宙斯变成乌云和伊娥亲热的情景，宙斯伸出大“毛爪”搂着她的腰，伊娥看上去还挺享受的，不知道即将大难临头。

第五章　“公牛”版宙斯

到了岛上，老牛摇身一变，变成了一位威武的天神，被诱拐的欧罗巴最终和宙斯结合了。这位心满意足的众神之王把这块土地赐名“欧罗巴”，这就是今天的欧洲。

上回说的是宙斯把情人伊娥变成了小牛，这次为了追女仔，他自个儿变成了一头牛。

欧罗巴（Europa）是腓尼基国王阿革诺尔的女儿，她有着惊人的美貌，花花大神宙斯一看到她就迷上了，决定诱拐她。宙斯为此精心策划了一场劫持行动。

一天，欧罗巴和一群女孩子在海边玩耍，宙斯一看机会来了，马上安排赫耳墨斯把腓尼基人的牛群都赶到海边，他自己则摇身一变，变成了一头特漂亮的公牛——全身有着金光闪闪的毛，额头上有一个银色的月牙图案，一双淡蓝色的大眼睛看起来忧郁又纯洁！

“宙斯牛”混在一大堆牛里慢慢靠近姑娘们，他那优雅的体态、高贵的气质（第一次用这词儿形容一头牛）立刻吸引了大家的目光，欧罗巴公主还在牛头上热乎乎地亲了一口，这一下把宙斯刺激得差点儿没“原形毕露”！他半跪在欧罗巴面前一通儿黏糊，最后哞哞地叫着示意公主骑上去。

欧罗巴一看这头老牛挺老实可靠的就笑眯眯地上了牛背，还有个身手不错的姑娘也想“飞身上牛”，宙斯可不是谁的屁股想坐就坐的，他站起身来掉头就走。欧罗巴万万没想到上牛容易下牛难，她一骑上去，这头蛮牛就撒开四蹄一溜烟直奔海边而去，到了海边也不减速，而是在欧罗巴的惊呼声中一头冲进了波涛汹涌的大海。

海神波塞冬看到宙斯兄弟风流到了自个儿的一亩三分地里特激动，表现的时候到了！他手舞三股神叉，亲自带着一家老小在前面给宙斯开道，波塞冬的儿子特里同不停地吹着海螺告警清道，海中的小仙女小海神们一群群地在两边护卫。

下面这幅法国画家诺埃尔•尼古拉斯•夸佩尔创作的《劫持欧罗巴》描绘的就是这一幕，画中的大白牛不用说了就是宙斯，牛背上的是欧罗巴，天上海里紧密围绕在牛领导周围的有风神、海神波塞冬、海洋女神、小天使等等，大吹海螺的那位是波塞冬的儿子特里同，在许多名画中都可以见到他的形象。

劫持欧罗巴
诺埃尔·尼古拉斯·夸佩尔
布面油彩
127厘米 x 193厘米
现藏费城艺术博物馆

“宙斯牛”就这么乘风破浪一鼓作气跑了一天一夜，直到冲上了一块叫做“克里特”的土地才停步。

到了岛上，老牛摇身一变，变成了一位威武的天神。他告诉欧罗巴说自己就是众神和人类的父亲宙斯，为了得到她不惜变身为牛。被诱拐的欧罗巴不过是个娇滴滴的小姑娘，已经远离家乡落到了人家手中，还能怎么样？她最终和宙斯结合了。心满意足之后，宙斯把这块土地赐名“欧罗巴”，这就是今天的欧洲。

欧罗巴从此就一直居住在克里特岛上，人们也把她称为“克里特女王”，她和宙斯总共生了三个孩子——弥诺斯、拉达曼堤斯和萨耳珀冬。弥诺斯、拉达曼堤斯死后都成为冥土的判官。

劫持欧罗巴
布歇

第六章 "月神"版宙斯

关键时刻，宙斯终于出手了，他把卡利斯托母子一起卷到了天上，让他们成为大熊星座和小熊星座。

美丽的山泽女神卡利斯托很喜欢打猎，为了亲近她，宙斯不惜"变性"，他变化成自己的女儿狄安娜的模样儿，趁机对卡利斯托性骚扰。狄安娜是宙斯和勒托所生的女儿，古希腊神话中的月亮女神和狩猎女神，太阳神阿波罗的孪生妹妹，她的故事我们下面会详细讲到。

宙斯和卡利斯托
阿米戈尼
布面油彩
62厘米 x 76厘米
现藏圣彼得堡艾尔米塔吉博物馆

上面这幅《宙斯和卡利斯托》是意大利画家阿米戈尼的作品，画面中那位头上有月牙装饰、手拿弓箭的就是宙斯变化的狄安娜，此时此刻，可怜的山泽女神还蒙在鼓里，就这么笑眯眯地被最高领导占了便宜。

宙斯的鬼把戏骗得了别人，骗不了赫拉。这个女人管不住自己的老公，不能从源头上彻底杜绝此类事情的发生，只能是根据自己的观察和群众举报亡羊补牢，发现一起严肃查处一起！宙斯和卡利斯托的事情曝光后，嫉妒得发狂的赫拉施法将美丽的卡利斯托变成了一只黑熊。

宙斯虽然不是“妻管严”，但女人对他来说大多不过是一种泄欲工具，一般情况下不会为了一个女人跟天后赫拉撕破脸，对于卡利斯托的悲惨状况，他装着没看见。

尽管卡利斯托外表看起来是一头凶猛的野熊，但是百分百的“外强中干”，她害怕猎人、猎犬，也害怕其他野兽。虽然她自己是一只熊，但她却害怕其他的熊。胆小的“卡利斯托熊”总是在以前常去或者是比较熟悉的的地方徘徊，她不吃肉，实际上也捉不到猎物，只靠些野果植物充饥。

十几年就这么过去了。一天“卡利斯托熊”出来觅食忽然遇到了一个猎人，虽然过了这么多年，但她还是立刻认出了这是她的儿子阿耳卡斯，他已经长成了一个健壮的青年男子。双方相隔最多也就那么十几步，卡利斯托激动地望着儿子，想走过去拥抱他，然而年轻人却认不出自己的妈妈，他惊慌地举起了猎枪，对准了在他看来准备扑过来的黑熊。

眼看着悲剧即将发生，在这关键时刻，宙斯终于出了手，他把卡利斯托母子一起卷到了天上，让他们成为大熊星座和小熊星座。

看到情敌被老公安排得如此“闪烁耀眼”、“高高在上”，赫拉气坏了，可又无计可施，她只能跑到养父母那里哭诉。赫拉的养父母可不是一般人，是大洋神俄刻俄诺斯和万物之母忒提斯，他们都是提坦神，当年所有的陆地和海洋都被俄刻俄诺斯环绕，他们有三千个河神儿子，还有三千个女儿，都是大洋神女、山泽神女或泉水神女。

宙斯推翻父亲的统治上台后，很快组成新的领导班子，俄刻俄诺斯和忒提斯夫妇的位子分别被波塞冬和安菲特里忒小两口取代，他们从此居住在遥远的世界边缘，不受世上的琐事干扰。虽然已经退位，不过在自己曾经管辖过的一亩三分地里，老领导还是有一定能量的。这回听了干女儿的血泪控诉后，俄刻俄诺斯和忒提斯答应了她的请求，不让大熊星座和小熊星座像其他星辰一样沉入海底休息，它们只能在天空不停地运转。

第七章 “正版”宙斯

忒提斯向宙斯求情，希望能改变儿子的命运，但最终阿喀琉斯还是死在特洛伊城下。阿喀琉斯出生时就被母亲倒提着在冥河中浸泡过，所以周身刀枪不入，只有被手抓住的脚踝处没浸到水，阿喀琉斯正是被箭射中这个位置身亡的。

看了这么多宙斯的幻影，最后来看看“原版”的，在安格尔的笔下，这位大神顶天立地推星揽云，无比威风。

宙斯和忒提斯
安格尔
1811年
布面油彩
327厘米 x 260厘米
现藏普罗旺斯格拉内博物馆

宙斯身边自然少不了女人，而且这回还是海神忒提斯主动投怀送抱。不过在这里我们可以负责任地说，宙斯和忒提斯绝对没啥暧昧关系，事实上就算世界上只剩下忒提斯一个女人，估计宙斯也不敢打她的主意。

倒不是忒提斯有多么厉害，而是因为一个可怕的预言。当年普罗米修斯因为盗天火被宙斯钉在高加索山上受苦，同时宙斯还要逼问一个只有普罗米修斯才知

奥德修斯识破阿喀琉斯

Gerard de Lairesse

1685年

现藏Groeninge Museum, Bruges

奥德修斯识破阿喀琉斯
普桑
1656年

道的预言，那就是谁将取代他的位子。普罗米修斯最后开了口，他说宙斯不能与海神忒提斯成亲，因为根据命运女神的安排，不管是人还是神，只要和忒提斯结合，生下的儿子就会比他们强大。为了保险起见，应该把忒提斯嫁给珀琉斯，这样他们生下的儿子将是全希腊最伟大的英雄。

因此，宙斯对忒提斯绝对敬而远之，忒提斯后来果然嫁给了珀琉斯，他们的儿子就是特洛伊战争中希腊军队里最勇猛的阿喀琉斯。

因为命中注定阿喀琉斯只要参加特洛伊战争，就一定会被射死在战场上，所以他的妈妈忒提斯想尽办法不让他参战。在阿喀琉斯很小的时候，忒提斯就把他送到了斯库洛斯岛上吕科墨得斯国王的王宫中躲藏起来，而且给他穿上女孩子的衣服，和国王的几个女儿生活在一起。阿喀琉斯长得眉清目秀，不知情的人们根本看不出他是个男孩。

特洛伊战争前夕，当听到墨涅拉俄斯国王正在招兵买马时，忒提斯非常担心。然而命运的安排无人能挡，预言家把阿喀琉斯的藏身地告诉了墨涅拉俄斯国王，机智无比的奥德修斯立刻赶去寻人。

奥德修斯化装成商人来到吕科墨得斯的王宫，他在公主们面前摆出了各种货物，包括金项链、金耳环、华丽的衣服等等女孩子们喜欢的东西，还有就是宝剑

阿喀琉斯被浸在冥河中

和盾牌。公主们自然对服装饰品胭脂水粉感兴趣，而阿喀琉斯的眼睛却紧盯着武器。

就在这时，奥德修斯事先安排好的随从们在外面一边呐喊，一边使劲用剑敲击盾牌，听起来像是要袭击王宫的声音。公主们吓得四处奔逃，而男扮女装的阿喀琉斯却抢步上前抓起了宝剑和盾牌，就这样被奥德修斯识破了身份。阿喀琉斯最终慨然应允走上战场，成了希腊军队的主力战将。

安格尔的《宙斯和忒提斯》描绘的就是忒提斯向宙斯求情，她希望能改变儿子的命运，然而宙斯也无能为力，阿喀琉斯最终还是死在了特洛伊城下。因为阿喀琉斯出生时就被母亲倒提着在冥河中浸泡过，所以周身刀枪不入，只有被忒提斯的手抓住的脚踝处没有浸到水，是全身最软弱的部位，就像中国武术中常说的“命门”一样，一旦被伤到必死无疑，阿喀琉斯正是被箭射中这个位置身亡的。

从这个故事中，后来还衍生出了一个俗语——“阿喀琉斯之踵”，用来比喻“致命之外”或者是“最脆弱的部位”。

事实上阿喀琉斯也很清楚自己的命运，但他知道自己不能退却，他曾对他的战马说：“为什么和我说到死呢？我不需要你的预言，因为我已经知道我必然在这远离我的父母的地方遭逢大劫。但即使这样，我仍然要杀死无数的特洛伊人以后才肯罢休！”

最后要补充说一句话：我们在这儿说到的忒提斯可不是十二提坦中的那一位，而是海中的一位女神，两个人只是同名而已。

垂死的阿喀琉斯

据说世界上第一个也是最著名的竞技会——奥林匹克运动会就是宙斯为了庆祝自己登上王位创办的，时间是公元前776年。法国教育家顾拜旦被尊称为“奥林匹克之父”，在他的努力下，1896年4月6日，首届现代奥运会在希腊雅典举办，奥运之火一直燃烧至今。

看了这么多八卦绯闻，最后咱们再来说说宙斯和他的正妻、天后赫拉的故事，下面这幅画就是宙斯和天后赫拉的亲热镜头。

宙斯和天后赫拉

赫拉是宙斯的姐姐，也有种说法认为她和宙斯是对双胞胎。宙斯在放逐了他们的父亲克洛诺斯之后，在克里特的诺塞斯岛找到了赫拉，在那里向她求爱，不过最初并未成功，赫拉并不喜欢他。于是宙斯又拿出了他最擅长的“幻影大法”，他变成了一只浑身湿透的杜鹃，“不如归去，不如归去”地叫个不停，使得赫拉顿生怜惜之心，把它放到自己的怀里取暖。宙斯抓住机会立刻现出原形，强行成就了好事，赫拉没办法，只好嫁给了他。

可能强奸事件在赫拉心里留下的阴影实在太深，从此她养成个习惯，定期要到阿尔戈斯附近卡那萨斯的泉水中沐浴。这口泉水可非同一般，可以让人重获童贞。据说维纳斯的圣地塞浦路斯岛上也有这么一口处女泉，只要将身体浸入泉水中，狐狸精也好，色情狂也罢，都可以重拾处女之身。

因为神话中说得不是很详细，所以咱们只能是猜测，估计这口处女泉也只能在生理上起到作用，既然泉水不会影响人的记忆，再怎么洗心理上恐怕也很难再变成纯洁无瑕的小姑娘。所以说起来这处女泉其实就跟咱们现在社会上风行的处女膜再造是一个道理，要么为了唬人，要么为了“升值”。

赫拉在和宙斯结婚三百年后才当上天后，虽然她长得非常漂亮，但是神仙和人一样有“审美疲劳”，两个人结婚没多久宙斯就有点儿走神儿，四处拈花惹草，“家里红旗不倒，外面彩旗飘飘”。而赫拉偏偏又是个超级大醋缸，结婚后瞪大了“牛眼”随时准备捉奸，就像咱们上面看到的一样，她婚后基本上没怎么清闲过。

赫拉和宙斯差不多三天两天就得吵一回架，她对宙斯的不忠行为十分恼火，经常设套儿让他丢脸。不过赫拉心里也明白，但凡犯上的事儿都得有个度，如果冒犯超过了某一限度，宙斯不但会骂她打她，甚至可能会用雷电劈死她。一般情况下赫拉不会把事情做绝，不过有一次宙斯的傲慢与暴躁把奥林匹斯山上的众神全给惹火了，除了灶神维斯塔外，在赫拉领导下集体参与了“兵变”，想要推翻宙斯的统治。

以赫拉、波塞冬以及阿波罗为首的众神首先偷偷把宙斯的武器藏了起来，然后趁他躺在睡椅中睡觉时，悄悄地包围上来，七手八脚地用生牛皮绳牢牢地捆住了他，并且一口气打上了一百个绳结。宙斯惊醒后大怒，但是却已无法动弹，他威胁说如果不立刻放开他，就将众神全都处死。众神们以为胜券在握，听了宙斯的话都哈哈大笑，围着他一通嘲讽讥笑。

然而众神高兴得太早了，就在他们兴高采烈地庆祝胜利，并且商讨由谁来继任王位时，提坦神忒提斯预见到奥林匹斯山上将会有一场内战，她匆匆忙忙找到了百手巨人布里亚桑斯，两个人一起偷偷上了山。布里亚桑斯发挥特长，同时用上了每一只手，迅速解开了一百个绳结，释放了宙斯。

宙斯的惩罚开始了。因为领导并指挥叛变的是赫拉，宙斯用金手铐铐住了她的双手，在她的两个脚腕处都坠上了一个铁砧，然后把她吊在了半空中。赫拉的惨叫声不断传来，但没有一个神敢出来救她。最后宙斯发话说，如果大家发誓今后永远不再背叛他，就放了“主犯”赫拉，也不再追究其他“从犯”的责任。

众神极不情愿地发了誓，宙斯原谅了他们，不过波塞冬和阿波罗是积极参与叛乱的“要犯”，死罪饶过活罪不免，宙斯罚他们到拉俄墨冬王那儿做一年的奴隶。在那里，阿波罗和波塞冬为拉俄墨冬国王建造了坚固的特洛伊城。

宙斯雕像

咱们上面说了这么多宙斯的是是非非，其实他除了性欲有点儿过于旺盛外，基本上还算是个工作认真、公平能干的领导，据说世界上最著名的一个体育竞技会——奥林匹克运动会，就是他为了庆祝自己登上王位而创办的。

据说宙斯的父亲克洛诺斯想把王位传给宙斯，为了考验儿子的能力，他决定与宙斯进行摔跤比赛，如果宙斯获胜，便可继承王位。结果克洛诺斯不敌宙斯，败在了儿子手下，宙斯登上王位后，在奥林匹亚举行了盛大的庆典活动，竞技比赛是其中的一项，这就是最初的古代奥运会。

也有人说奥林匹克运动会不是宙斯创办，而是他的儿子赫拉克勒斯为了纪念宙斯而举行的，关于奥运会的起源还有很多种说法，不过都只是无法证实的传说。

有文字记载的第一届奥林匹克运动会的举办时间是公元前776年，多利亚人克洛斯在192.27米短跑比赛中取得冠军，他成为国际奥林匹克运动会荣获第一个项目的第一个桂冠的人。堪称现代奥运会最激动人心的赛事之一的“百米赛跑”，为什么在古代是192.27米？据说这是宙斯之子大力神赫拉克勒斯的600个脚长。古代的奥运会是一个体育运动和宗教仪式的混合体，这里既是运动员比赛、休息和颁奖的地方，也是人们祈祷、祭祀的场所。

奥运会最初举办的地点是位于希腊伊利斯地区的奥林匹亚城，每四年一次，时间是夏至后。最初的奥运会比赛项目很少，前22届赛程都只有一天，当时的竞赛项目比较少，主要有 5 种——赛跑、跳高、摔跤、掷铁圈、掷标枪或拳击，后来慢慢扩展到23种。

田径是奥运会比赛的重头项目，这是因为希腊人非常热爱跑步，奥林匹亚河尔菲斯河岸的岩壁上还保留着古希腊人刻下的这样一段格言：“如果你想聪明，跑步吧！如果你想强壮，跑步吧！如果你想健康，跑步吧！”

除了这些身体上的竞争外，古代奥运会还有专门的音乐、诗歌和辩论赛区，许多诗人、艺术家都曾经报名参赛，比如有“史学之父”美称的希罗多德就曾是一名奥运会选手，他当时朗读了自己的名作《历史》中的一段，最终赢得了首次文艺比赛的桂冠。

在公元前720年举办的第十五届奥运会上，一位选手赛前准备做得有点儿马虎，在奔跑中他系在腰间的一块围布掉了下来，但他并没有停下来，就这么赤裸裸地跑完了全程。观看比赛的其他运动员和观众们没觉得光着有啥不好，反而认为这样更能体现人体的健美。于是在后来举行的奥运会上，运动员都裸体上阵。

除运动员外，后来的观众也开始裸体，这中间还有个故事。最初的奥林匹克运动会不但禁止女人参赛，连参观也不行。传说有一位母亲非常想去看儿子的比赛，希望能亲眼看到儿子夺冠，于是她女扮男装混进了赛场。当看到儿子如愿夺得冠军时，这位母亲激动得欢呼雀跃，结果一不小心衣服掉了，被人们发现了性别。依据当时的法律，这样的行为是要被处以极刑的，但当人们了解了这位母亲的初衷，知道她是一位冠军的母亲时，掌权者作出了下不为例的决定，这位母亲免于一死。为了防止类似事件的再次发生，古奥运会“组委会”决定，以后所有的观众也要像运动员一样裸体入场。

从第三十七届开始，奥运会的会期延至五天，并且具有了咱们熟悉的形式：第一天举行开幕式，进行献祭和宣誓仪式；第二、第三、第四天进行正式的比赛；最后一天举行闭幕式，并进行颁奖和祭神。

奥运会开幕之前要先举行圣火传递仪式，这是为了纪念普罗米修斯为人类盗天火的义举。举行这种仪式时，伊利斯城邦会选出三名纯希腊血统的使者，在宙斯神殿的圣火坛前采集火种，然后送往各城邦，人们看到圣火就知道奥运会即将举行。

现代奥运圣火象征着光明、团结、友谊、和平、正义，是由顾拜旦提出设想。圣火的首次出现是在1928年的阿姆斯特丹奥运会，不过当时是在体育场附近的一个喷泉盛水盘上点燃的。自1936年起，奥运圣火开始从奥运会的故乡希腊奥林匹亚点燃火炬，然后将火炬接力传到主办国，并于奥运会开幕前一天到达举办城市，开幕式时进入会场，一般由东道国的名运动员点燃塔上焰火，直到闭幕时熄灭。

如果每届奥运会都能如期举行，那么古希腊的奥运会共举行了293届，时间长达1170年之久，一直到公元394年被罗马帝国的皇帝狄奥西多给废除了，他正式宣布基督教为国教，奥林匹克运动会是异教徒的活动，从此后予以禁止。事实上因为战争等各种原因，奥运会并不能每回都开，所以实际的举办次数要少得多，不过古希腊人的计算方法，无论举办与否，反正每四年就算一届。

因为拜占庭人与哥德人在阿尔菲斯河发生激战，奥林匹亚各项设施毁失殆尽。公元426年，狄奥多西二世烧毁了奥林匹亚建筑物的残余部分，随后几十年里接连发生了两次强烈地震，奥林匹亚遭到彻底毁灭。就这样，繁荣的奥林匹亚变成了一片废墟。

古奥运会的竞技场位于奥林匹亚遗址东北部，通过拱形大门，经过一条用石块砌成的长廊，开阔的运动场便出现在人们眼前。椭圆形运动场依山而建，长200米，宽175米，平缓的山坡上建有看台、裁判席和贵宾席，可以同时容纳

45000名观众观赏比赛。

运动场的跑道宽约30米，当年用于比赛的“起跑线”如今依然还在，这条起跑线用石条铺成，上面刻有两道平行的小槽，运动员起跑前脚就放在里面，其作用有点儿类似现在的起跑板。

我们知道，因为成功地使现代奥林匹克运动获得新生，法国的贵族教育家马伦•皮埃尔•顾拜旦（Baron Pierre de Coubertin）被尊称为“奥林匹克之父”。在他的努力下，1896年4月6日，首届现代奥运会在希腊雅典举办，奥运之火一直延续至今。顾拜旦对奥运会产生兴趣是在1889年的巴黎博览会上，他很喜欢一块展出的古代奥运会奖牌，因而萌生了复兴奥运的念头。作为新组建的奥运会主席，本来顾拜旦想在他的家乡巴黎举办第一届现代奥运会，时间定在1900年，但希腊渴望能在本土再创辉煌，一些国家和地区也表示支持，于是1896年雅典赶在巴黎之前举办了第一届现代奥运会。

1896年4月6日下午，在公元前330年建成的奥林匹克运动会场所，希腊国王乔治一世亲自上阵做主持人，宣布第一届现代奥运会开幕。共有来自14个国家的245名运动员参加了比赛，其中希腊运动员就有146名。在本届奥运会上还发生了一件有意思的事：乘船来参赛的美国运动员经过16天的海上航程，于4月5日晚上9点到了雅典，满心以为还有12天的休整和训练时间，没想到第二天早上4点他们就被奥运会开幕的奏乐声惊醒。事后美国人才想起，希腊人用的日历跟美国不同，在时间上比他们要早11天。

下面这一幅照片记录的就是这一次雅典奥运会摔跤比赛的场景：

奥运会的口号是“更快、更高、更强”。这句格言是顾拜旦的一位密友迪东于1895年在一次户外活动上提出的，顾拜旦非常喜欢这句话，认为它最能代表奥林匹克精神，经他提议，1913年国际奥委会正式批准把“更快、更高、更强”定为奥运会的宣传口号，1920年它又成为奥林匹克标志的一部分。

此外，和奥运会相关的还有一句广为流传的口号“重要的是参与，而不是取胜”。这句名言是1908年在伦敦圣•保罗大教堂一次宗教仪式上宾夕法尼亚主教所说的，顾拜旦进一步解释说：“正如在生活中最重要的事情不是胜利，而是斗争，不是征服，而是奋力拼搏。”

顾拜旦自己有句名言：“奥林匹克理想，在我们心目中是一种强烈的身体文化概念，它基于美学概念，即对美与优雅的崇拜。”这正是奥林匹克运动会一直以来追求的精神。人们熟知的雕像《掷铁饼者》就是一件最能体现奥林匹克精神的经典之作，原作为青铜，已佚，现传世的几件皆为罗马时期的摹制品，罗马国立博物馆、罗马特尔美博物馆、梵蒂冈博物馆均有收藏。

奥运会的举办宗旨和参赛项目及形式与古希腊人崇尚力与美的精神是分不开的，而且在战争频繁的年代它又被人们赋予了期待和平的含意，人们希望能将战场上的流血拼杀转化成体育场上的流汗竞争。

掷铁饼者

米隆

约公元前5世纪

大理石

173厘米

现藏罗马特尔美博物馆

公元前776年，伊利斯、斯巴达及皮萨3个城邦的国王达成协议，决定恢复在奥林匹亚举行的宗教庆典，并举办竞技会。大家还约定在奥运会期间停止战争行动，以便能使运动员和观众参加奥运会，并安全返回，这就是著名的“奥林匹克神圣休战”。据说休战协议被刻于一个铁饼上，存放在赫拉神庙里。

“神圣休战”协议一经宣布，奥运会期间，整个伊利斯地区禁止任何军事行动，也禁止人们带武器进入，通往奥林匹亚的所有道路畅通无阻，任何人不得拦阻。违背“神圣休战”的城邦会受到严厉的制裁，公元前420年，奥运会期间斯巴达人攻打了伊利斯城邦的一个镇子，结果按每名士兵罚款两个“米那”计算，被处罚金2000米那（相当于20万只羊的价钱）。“神圣休战”的期限最初为1个月，后因地中海沿岸的希腊殖民城邦也参加奥运会，便延长到3个月。

现代奥运会因为两次世界大战等原因，总共停办过三届，2008年第二十九届奥运会将在中国北京举办。

奥林匹亚位于希腊伯罗奔尼撒半岛西北部的伊利斯境内，在阿尔菲奥斯河北岸，得名于希腊传说中诸神会聚的奥林匹斯山。伯罗奔尼撒半岛（Peloponessus）的得名和珀罗普斯有关，意为“珀罗普斯之岛”。

奥林匹亚位于希腊伯罗奔尼撒半岛西北部的伊利斯境内，在阿尔菲奥斯河北岸，得名于希腊传说中诸神会聚的奥林匹斯山。伯罗奔尼撒半岛（Peloponessus）的得名和珀罗普斯有关，意为“珀罗普斯之岛”。

我们上面说过，关于奥运会起源的说法有很多，下面我们就来看一个流传最广的，和珀罗普斯有关。

故事要从被打入地狱的吕狄亚国王坦塔罗斯说起，在前面我们讲过，坦塔罗斯是个既心狠手辣又不敬神的人，有一次为了试验众神的分辨能力，他居然把自己的儿子珀罗普斯给肢解了，然后煮熟分给众神吃。众神都被坦塔罗斯的恶行激怒了，一致同意把他打入地狱受苦。

命运女神把那个可怜的孩子珀罗普斯又重新“组装”了起来，并给予了他第二次生命。和自己的父亲不同，珀罗普斯对神灵特别虔诚尊敬。

坦塔罗斯死后，吕狄亚国和邻近的特洛伊国发生了一场战争，珀罗普斯因为战败而被赶出自己的国家，流亡到了希腊。在这儿，年轻的珀罗普斯爱上了伊利斯的国王俄诺玛俄斯（Oenomaus）美丽的女儿希波达弥亚（Hippodamia），不过要想顺利地成为俄诺玛俄斯的女婿可不是件容易事。因为俄诺玛俄斯国王曾经得到过一个神谕，即女儿的新婚之日，就是他的死亡之期。

故事讲到这儿，我们会发现，这样的神谕一点儿不陌生。在前面俄耳甫斯、达那厄的故事中我们都看到过类似的，不知道为什么希腊神话里会有这么多父子父女相残的神谕，其根源或许有点儿像咱们国家帝王时期对争权夺位的恐惧。

俄诺玛俄斯当然不想死，因此他想尽一切办法不让任何一个求婚者接近女儿，在俄诺玛俄斯心里可没有一点儿“一个女婿半个儿”的观点，对他来说女婿就是追魂夺命鬼！

俄诺玛俄斯想方设法不让女儿结婚，可是男大当婚女大当嫁，总不能老让女儿在家做老姑娘。俄诺玛俄斯想了个好办法，他马上安排手下人贴出一个“赛车招亲”的告示，告示中说“俄家有女儿初长成，养在深闺人未识”，谁要是想娶他的女儿，必须先和他赛车，获胜的才有资格。要是跑不过他，那么对不起，别说当新郎了，小命儿也难保。

为了说明自己给女儿招亲的“诚意”，俄诺玛俄斯还特别说明，比赛时他会让参赛选手先跑，他自己举行完给宙斯的献祭仪式后才开始追赶。这事儿想想挺划算，对手是个年老体弱的老头儿不说，还能够先跑一大会儿，取胜自然是不在话下，于是希波达弥亚的追求者们蜂拥而来，纷纷来到伊利斯向国王求婚。

俄诺玛俄斯国王非常友好地接待了这些年轻人，并且给每个人都配备了由四匹骏马拉着的漂亮赛车，而他自己使用的赛车却只有两匹马来拉。

这天珀罗普斯也随着大家伙儿一起来到比赛现场，他事先留了个心眼儿，没有立即参赛，而是先躲在人群中观望。比赛开始了，12位求婚者都拼命地纵马飞驰。而俄诺玛俄斯果然信守诺言，他不慌不忙地给宙斯献祭，仪式结束后才换上便装，手持一根锋利的长矛登上了自己的赛车。

年轻人们不知道，给俄诺玛俄斯拉车的这两匹马可不是凡物，它们是大神宙斯恩赐的神马。俄诺玛俄斯很快就追上了最后一名参赛者，挥矛把他刺了个透心凉，一刻钟的工夫不到，12名求婚者都被他挑落车下，赛场上血流成河。

看到求婚者们的惨状，珀罗普斯冷汗直流，他庆幸自己没有急于参赛。不过珀罗普斯并不想就此放弃，他来到海边，向自己的保护神波塞冬祈求，希望他能赐给自己一辆神马拉的车。珀罗普斯的愿望很快得到满足，他的话音刚落，一辆四匹神马拉着的金光闪闪的战车就从波涛汹涌的海面上钻了出来，波塞冬还真够意思，居然把自己使用的战车借给了珀罗普斯。

珀罗普斯驾着战车找俄诺玛俄斯求婚，俄诺玛俄斯认出这是波塞冬的车子，他有点儿紧张，不过还是对宙斯赐给自己的骏马有信心，他仍然像告示中所说的那样进行比赛，让珀罗普斯先跑。珀罗普斯驾着波塞冬的战车风驰电掣般地跑远了，俄诺玛俄斯献祭完后才上车追赶。你还别说，宙斯的神马确实非同一般，在接近目的地时俄诺玛俄斯追上了珀罗普斯，他挥动手中的长矛往珀罗普斯的后背刺去。

就在这千钧一发之际，早就隐身在现场观望的波塞冬及时出手，他暗中捣鬼，弄松了俄诺玛俄斯的车轮。疾驰的马车立刻散了架，轰的一声四分五裂，毫无防备的俄诺玛俄斯国王从车上一头栽了下来，摔得脑浆迸裂而亡。

下面这幅图描绘的就是比赛中的珀罗普斯和希波达弥亚：

珀罗普斯顺利到达终点，当然也就成功地娶到了美人儿，并且成了伊利斯的新国王。后来他通过战争夺取了奥林匹亚城。为了纪念他曾进行过的这场惊心动魄的比赛，他就在那里举办了一场大规模的竞技比赛，邀请全希腊的人都来参加。比赛后来延续下来，这就是举世闻名的奥林匹克运动会。

看到这里，很多人会有疑问，海神波塞冬为什么会对珀罗普斯这么好，不但把自个儿的战车借给他用，还巴巴地来到比赛现场，暗中捣鬼帮他得胜？我们可以在另一些传说中得到答案，这是因为珀罗普斯曾经是波塞冬的同性恋伙伴。

第七天

『太阳神』阿波罗和『月神』狄安娜

阿波罗和狄安娜是宙斯与勒托所生的一对龙凤胎，在希腊神话中，他们俩不但长得漂亮，而且社会形象也好，有一个词儿简直就是用来形容他们俩的——金童玉女！

第一章 向日葵为太阳神而开

克吕提厄变成了一种新的植物，从日出到日落，她的“花脸”始终跟着天空中的“恋人”转动，所以人们就叫她“向日葵”。

太阳车
提埃波罗
1751年
壁画

在前面我们讲了阿波罗和达芙尼的故事，那是阿波罗一厢情愿，女方情愿变成桂树也不想跟他扯上一丁半点的关系。而下面这个故事正好相反，一位美丽的神女因为得不到阿波罗的爱而伤心欲绝，最后变成了一棵向日葵。

传说中太阳神阿波罗的太阳飞车是火神乌尔甘精心打造的，车辕、车轴和轮子都是金的，辐条是银的，车上装饰着橄榄石等各种宝石。太阳车跑动起来金光灿烂，阿波罗每天驾着他的太阳车在天上跑一圈，地上的人们就看到了日出和日落。

下面这幅《太阳神之车》描绘的就是阿波罗驾车出来“工作”时的情景，飞在最前面的是太阳神的先锋“曙光女神”（黎明女神），围绕在车旁的是爱情、温雅、欢喜等女神。

太阳神之车
雷尼（罗马）
1612年
壁画

水泽神女克吕提厄对阿波罗一见钟情，但是太阳神对她却没啥感觉，阿波罗每天“高来高去”，克吕提厄自知“高”攀不上，却又无法放弃这段单相思的感情，她每天最大的乐趣就是痴痴地等待阿波罗的太阳车出现在天空。日子一天天过去，克吕提厄终于“为伊消得人憔悴”。

变成向日葵的克吕提厄
夏尔·德·拉福斯（法）
1688年
布面油彩
131厘米 x 159厘米
现藏凡尔赛皇家博物馆

有一次连续九天，克吕提厄在冰冷的地面上长坐不起，她不吃不喝，泪水和空气中的寒露就是她唯一的食物。天空中没有太阳的时候，克吕提厄就静静地坐着；天亮了，太阳升起来了，克吕提厄就默默地凝视着天空，眼睛一眨不眨地看着太阳东升西落，这时的她看不见任何别的东西，脸始终向着太阳。

慢慢地克吕提厄的身体发生了变化，她的双脚融入了泥土中，长发变成了叶子，身体变成了茎秆，脸庞变成了一朵花……克吕提厄变成了一种新的植物，从日出到日落，她的“花脸”始终跟着天空中的“恋人”转动，所以人们就叫她“向日葵”。

克吕提厄
莱顿
1896年

第二章 卡珊德拉——太阳神的绯闻女友

为了惩罚卡珊德拉，除了赋予她预言能力，阿波罗另外还加送了一件小“礼物”，那就是人人都不相信她的预言。这招儿真比七八月份大中午的日头还毒！“预言家”卡珊德拉对未来门儿清，然而却没有一个人相信她，个个当她是骗子，这份痛苦实在是无法形容！

卡珊德拉（Cassandra）是特洛伊国王普里阿摩斯和王后赫卡柏的女儿，她是一位预言家。西方历史上曾经有过十二位著名的女预言家，人们给她们每一位都取了专门的名字，又统称为“西比尔”（Sybillis），大概的意思就是“具有神的头脑的女子”或“头脑中有神的女子”。

女预言家利比卡

米开朗琪罗

1512年

壁画

395厘米 x 380厘米

现藏梵蒂冈西斯廷教堂

这些女预言家中最有名的一位叫做厄律提亚（Erythrea），她于古希腊时期特洛伊战争前出生于巴比伦。厄律提亚在回答人们的询问时，用诗文异常清晰地描述了希腊人围攻并且摧毁特洛伊的始末，她的预言与后来发生的情况完全一致。而在罗马帝国出现前，她就简要而精确地概括了罗马帝国的种种命运。据说厄律提亚的预言可不像今天社会上流传的那些所谓的世界末日预言那么含糊其词，怎么解释都行，厄律提亚的预言诗简直就像是“简明历史大纲”！

卡珊德拉也预言过特洛伊战争将爆发，在此次大战的导火索，美女王后海伦被诱拐之前很久，卡珊德拉就曾多次预言过兄弟帕里斯王子大胆的诱拐行为，以及后来的特洛伊大战乃至特洛伊城的毁灭结局。然而卡珊德拉的预言却始终没有被特洛伊人相信，她甚至还因为“乌鸦嘴”而遭到父亲和兄弟们的毒打。

卡珊德拉的预言术和她的这种命运都和太阳神阿波罗有关。

阿波罗曾经疯狂地爱上卡珊德拉，想成为她的情人，卡珊德拉“有条件”答应了他的请求，这个条件就是阿波罗必须送她份大“彩礼”，即赋予她预知未来的法术。这对阿波罗来说不是什么难题，预言本来就是他的一大强项，阿波罗很爽快地答应了卡珊德拉的要求。英俊又潇洒、自我感觉一向良好的阿波罗无论如何也不会想到自己这回中了卡珊德拉的缓兵之计，这个女孩子对太阳神根本没兴趣，在得到预言的才能后，就放了阿波罗的鸽子，根本没打算跟他发展恋爱关系。

阿波罗就这么光天白日的上了个弥天大当，满腔热情遭遇劈头一盆冷水，但希腊神话中讲究“礼物送出，概不退换”，阿波罗又没办法收回自己的馈赠。太阳神从不吃这种哑巴亏，为了惩罚卡珊德拉，最后他决定“买一送一”，除了赋予卡珊德拉预言能力，阿波罗另外还加送了一件小“礼物”，那就是人人都不相信她的预言。

阿波罗果然不愧为太阳神，他这招儿使得真比七八月份大中午的日头还毒！可怜的“预言家”卡珊德拉对未来门儿清，然而这世上却没有一个人相信她，个个当她是骗子，这份痛苦实在是无法形容！

卡珊德拉后来曾被许配给一位叫做科罗伊波斯的年轻贵族，但婚还没结，科罗伊波斯便死于战争。特洛伊城陷落后，卡珊德拉被俘，成了希腊联军统帅迈锡尼国王阿伽门农的女奴。战后在被阿伽门农带回迈锡尼岛的途中，卡珊德拉预言阿伽门农的王后克吕泰涅斯特拉将给他设下一个圈套，阿伽门农将死在她手里。然而阿波罗的诅咒再次发挥作用，阿伽门农根本不相信她的话！

经过危险重重的长途跋涉，希腊大军终于回到了迈锡尼。离家十几年的阿伽门农无论如何也想不到老婆克吕泰涅斯特拉早就背着他偷了人，她和阿伽门农的叔叔提厄斯特斯的私生子埃葵斯托斯勾搭成奸。一听到阿伽门农将要回家的消息，奸夫淫妇就谋划好了杀他的计划。在阿伽门农回到家解甲沐浴时，克吕泰涅斯特拉和奸夫埃葵斯托斯突然用网套住了他的头，然后用短刀一阵乱捅将他杀死。可怜身经百战的阿伽门农没死在战场上，刚回到自己的国家却糊里糊涂地成了冤死鬼。

卡珊德拉的结局也一样惨，她被克吕泰涅斯特拉下令割断了喉咙。

小埃阿斯劫夺卡珊德拉
所罗门（英）
19世纪

第三章　阿波罗与赫耳墨斯

赫耳墨斯“神偷”生涯中偷的第一位“事主”就是阿波罗，从这件事上也可以看出赫耳墨斯是天生的偷儿，做这第一泡生意的时候他还是个在襁褓中的婴儿，而从他在偷盗过程中布下的周密计划来看却绝对是个老手！

赫耳墨斯是宙斯和迈亚的儿子，他是宙斯的信使，也是人死后的接引使者，负责把人送到冥府去，奥林匹斯山的众神中只有他能够自由地穿梭阴阳界。另外，赫耳墨斯有点儿像是“多管局”的局长，其工作内容又多又杂，他是道路的保护神，保护旅人一路平安，在古希腊的大道边、十字路口和住宅的门口处处可见为他竖立的石柱；他是商业、竞技、手工业等行业的保护神；他是雄辩之神，也是狡猾和欺骗之神。在古希腊，演说家、商人、旅行家、竞技者等等都敬奉赫耳墨斯，学校的操场上都竖着他的雕像。

另外要特别隆重介绍的是，赫耳墨斯还是小偷的祖师爷兼精神领袖。对于赫耳墨斯来说，一切需要技巧的东西都在他的保护范围之内，偷东西既然是个“技术活儿”，于是赫耳墨斯也就成了保护神。事实上赫耳墨斯自己就是个“大偷”，他的盗窃技术绝对首屈一指。有一次为了展示自己的“个人才艺”，其实也有点儿手痒，赫耳墨斯曾经开玩笑偷过海神波塞冬的三股神叉、战神马尔斯的枪、太阳神阿波罗的金箭，甚至还有宙斯的雷霆棒。

赫耳墨斯“神偷”生涯中偷的第一位“事主”就是阿波罗，做这第一泡生意的时候他还是个在襁褓中的婴儿，从这件事上也可以看出赫耳墨斯是天生的偷儿，虽然年幼，但从他在偷盗过程中布下的周密计划来看却绝对是个老手！

赫耳墨斯出生在库勒涅山一个阴凉的山洞里，一降生小嘴就呱啦呱啦说个不停，而且手脚特灵活。话说这天一大早，襁褓中的赫耳墨斯觉得特无聊，这小人儿一瞅老妈迈亚没在身边，三下两下把身上的包蹬开，蹦到地上就溜出了洞口。

一出洞口，赫耳墨斯一脚踩到个老乌龟，他的第一反应不是拿来煲汤，而是做乐器。赫耳墨斯取下老乌龟的壳，在两边钻了些孔，然后用九根亚麻绳穿进去做弦，他又找来三根树枝，就这么绑绑扎扎，制作出了世界上第一把竖琴。因为琴是用龟壳制成的，所以在英语中“shell”（贝壳）这个词常被用作“lyre”

（竖琴）的同义词。

玩了一会儿琴，赫耳墨斯有点儿厌了，回洞把竖琴藏到了自己的摇篮里，一看妈妈还没回来，又一阵风似的溜出来玩，这次他遇到了阿波罗放牧的一群牛。看看牛旁无人，阿波罗不知道干什么去了，赫耳墨斯的贼心上来了，一口气偷了人家十五头牛，慌忙往家里赶。

走了没两步，赫耳墨斯一想不行，要是就这么一窝牛赶回去，自己前脚到家后脚阿波罗就得找上门！这时赫耳墨斯天生的“职业素质”显现出来了，他找来一些树枝和芦苇绑在牛腿上，这样牛的脚印就会一边走一边被扫掉。

就这样赫耳墨斯还不放心，为了保险起见，他没有把牛直接赶回家，而是先藏到了一个山洞里。在牛进洞之前，赫耳墨斯又设了个圈套，他让牛倒退着进洞，不知道的人看到牛蹄印，还以为牛是从洞里出来的。

这下赫耳墨斯放心了，赶快跑回自家的山洞，蹦到摇篮里，自个儿裹上襁褓，跟个乖宝宝一样笑眯眯地躺在那儿。赫耳墨斯刚躺好，他妈迈亚就出现了。其实迈亚早就发现儿子溜出去玩了，看着儿子偷偷地溜回来玩的那些把戏儿，她又好气又好笑。同时迈亚也很担心，因为阿波罗可不是好惹的，没想到赫耳墨斯一点儿不在乎，一看瞒不过去了干脆安慰他妈说：“没事儿，要是阿波罗敢找事，你看我不把他偷得毛干爪净！”

赫耳墨斯话音没落，阿波罗到门口了，这位太阳神平时“火气”就不小，牛被偷了更是一腔“怒火”，赫耳墨斯的偷牛过程确实做得天衣无缝，可人家阿波罗懂预言，掐指一算就知道是谁干的。阿波罗怒气冲冲地走到赫耳墨斯的摇篮边，赫耳墨斯跟没事人一样，睁着一双天真纯洁的大眼睛笑眯眯地看着他。一看这么个小崽子也敢偷自己，阿波罗更是气不打一处来，大吼一声：“你个小兔崽子！赶紧把牛还给我，不然我就把你打入地狱，永世不得超生！就算你爸妈也救不了你！”

阿波罗一着急有点儿神志不清，忘了赫耳墨斯跟他一样，大家的老爸都是宙斯，他们俩本来就是同父异母的兄弟，如果赫耳墨斯是小兔崽子，他也脱不了蹦蹦跳跳的基因。赫耳墨斯一点儿不在乎，他反而觉得阿波罗那张大红脸特有趣，小嘴一张甜蜜蜜地说：“哥，你说的啥呀，我怎么听不懂？你不要这么大声，人家还是个吃奶的小孩子吗！每天就知道吃饭睡觉……嗯，哥，我要拉尿尿。”

阿波罗快疯了，他不顾迈亚的阻拦，一伸手把赫耳墨斯从摇篮里弄出来，拎着耳朵去找宙斯告状。宙斯不用问就知道怎么回事，马上命令赫耳墨斯把牛还给阿波罗。赫耳墨斯一看抵赖不了，乖乖地带着阿波罗去藏牛的山洞。就在阿波罗往外赶牛的时候，赫耳墨斯也没闲着，把他早上做的那把竖琴拿出来了，叮叮当当弹着给阿波罗助兴。

我们都知道，阿波罗是音乐之神，他一下喜欢上了竖琴美妙的音色，牛对他来说立马变得无所谓了。阿波罗转过头来拼命讨好这位小兄弟，非要拿这群牛换赫耳墨斯的琴。一桩偷牛案最终就这么友好解决，“宾主”双方皆大欢喜。

被神女们侍候的阿波罗
吉拉尔东（法）
1666年
大理石石雕
现藏法国凡尔赛花园塞蒂斯岩洞

第四章 阿波罗之子、“医术之神”阿斯克勒庇奥斯

阿斯克勒庇奥斯的这个“医学院”后来培养出了无数的名医，其中最有名的是希波克拉底（Hippocrates），如今他被尊称为“医圣”，世界上所有医科大学的学生们毕业时或正式成为职业医生时，都会参加一项名为“希波克拉底宣誓”的仪式。

希腊神话中有两位手持蛇杖的人物，一个是赫耳墨斯，一个是阿波罗的儿子，有“医术之神”美称的阿斯克勒庇奥斯。

在一个希腊小国有一位绝代佳人，名叫科洛尼丝，她是这个国家的公主，太阳神阿波罗爱上了她，两个人很快恋得热火朝天。然而科洛尼丝对阿波罗的爱情并不持久，她很快又喜欢上了一位凡人，两个人勾勾搭搭自以为事儿做得挺隐秘，可阿波罗是什么人？让他戴绿帽子可没那么容易。

一天，阿波罗的宠物乌鸦发现了科洛尼丝偷情，呱呱叫着来向主人报告。阿波罗其实早就知道了，一肚子火正没处发，他不在自己身上找原因，反而怪鸟儿“乌鸦嘴”，立马给了它点儿“颜色”看看。这只乌鸦真是冤死了，它的毛色本来是雪白雪白的，看上去漂亮极了，就因为多了句嘴被主人变成了漆黑一团，而且这个“整形手术”还遗传给了后代，这就是为什么我们今天看到的乌鸦都是黑色的由来。

你想想，连报信的乌鸦都落了个“黑白颠倒”的下场，阿波罗对奸夫淫妇的惩罚可想而知，有人说他亲自下手杀了科洛尼丝，有人说他安排妹妹狄安娜射死了她。科洛尼丝死的时候已经怀了阿波罗的孩子，这是自己的亲生骨肉，而且是无辜的，阿波罗想起宙斯在塞墨勒死时曾把她肚里的狄俄尼索斯救出来，后来培养成了“酒神”，于是他也这么干。阿波罗从科洛尼丝肚子里把即将出生的婴儿拿了出来，送到珀利翁山，交给多才多艺的马人喀戎抚养。这个孩子就是阿斯克勒庇奥斯。

在希腊神话中，喀戎的故事并不太多，也没啥惊人的举动，他表现得更像是个技校的老师，包括赫拉克勒斯、忒修斯、伊阿宋、阿喀琉斯等人，几乎所有的英雄都在他这儿参加过培训班。

喀戎的学识极其渊博，音乐、医术、预言、武功无所不通无所不晓，每个英雄在他这儿都能得到最适合自己的教育。相比之下，阿斯克勒庇奥斯不像别的孩子那么醉心于舞枪弄棍、骑马射箭，他最喜爱的是医术。喀戎对于医术和医药研究颇深，而阿斯克勒庇奥斯更是青出于蓝，经过多年的努力钻研，他已经能熟练地治疗各种疾病。

离开喀戎后，阿斯克勒庇奥斯在希腊各地漫游，看到了许多被疾病折磨着的人。阿斯克勒庇奥斯很同情这些病人，他决定运用自己的医术为人们除灾解难。阿斯克勒庇奥斯在色雷斯开了个医学培训班传授人们医术，可以说这就是最早的“医学院”，另外他还设了个“附属医院”，一边教学一边给人治病，这个“附属医院”也是学员们的实习医院。

随着经验的积累，阿斯克勒庇奥斯的医术越来越精深，哪怕是病得要死的人，他也能治好，世上到处传说他连死人都能救活。有一次阿斯克勒庇奥斯真的把一个已经死得非常彻底的人给救活了。据说死者的家属一面苦苦哀求，一面给他塞了一大笔钱，请他施展绝技救活死者，阿斯克勒庇奥斯被钱晃花了眼睛，另外他也确实想看看自己到底有没有起死回生的本事，结果他做到了。

还有种说法认为被阿斯克勒庇奥斯救活的是忒修斯冤死的儿子希波吕托斯。当年忒修斯把阿里阿德涅抛弃在岛上，结果被酒神狄俄尼索斯看中了娶回家当了老婆，忒修斯后来娶了阿玛宗女王希波吕忒为妻。生性好战的阿玛宗女人认为忒修斯拐走了她们的女王，乘船到雅典报仇，希波吕忒死于这场战争中。希波吕忒死后很长一段时间忒修斯都没有再娶，后来不知道他是不是又想到了美丽的阿里阿德涅，忒修斯又到克里特岛求亲，娶回了阿里阿德涅的妹妹淮德拉，她长得几乎和自己的姐姐一模一样。

对于年纪已经不轻的忒修斯，淮德拉肯定不满意，她很快喜欢上了和自己年龄相当的忒修斯年轻的儿子希波吕托斯，淮德拉不想给他当后妈，想当情人。一天，趁着忒修斯出远门，淮德拉安排自己的奶妈找到了希波吕托斯，煽动他篡夺父亲忒修斯的王位，然后和后妈淮德拉共享富贵。

听到这些阴险又无耻的言语，希波吕托斯惊呆了，他坚决不肯干这苟且之事，一个人离开家跑到树林里等着父亲忒修斯回家。一看不但美梦落空，而且阴谋即将败露，自己以后肯定没好日子过，淮德拉绝望了，一咬牙要鱼死网破。淮德拉上吊自杀了，死前留下遗书诬蔑希波吕托斯想非礼她。

忒修斯回来后看到家里老婆死了儿子走了辈分乱了，他又痛心又愤怒，诅咒这个不孝子不得好死，而且活不过今天。忒修斯的诅咒应验了，当天傍晚希波吕托斯就出了交通事故，被马拖着活活地在沙石地上磨了个半死。

接二连三的惨剧让淮德拉的奶妈良心发现，她哭着向忒修斯说明了一切，为希波吕托斯洗清了不白之冤。这时奄奄一息的希波吕托斯被抬进了家门，明白了事情真相的忒修斯绝望又悔恨地扑到了儿子身上，请求他原谅自己，希波吕托斯勉强点了点头就死去了。

一天里发生了这么多的事情，忒修斯无法承受，稍稍冷静下来之后，他决定无论如何要救活自己的儿子，于是他找到了阿斯克勒庇奥斯。阿斯克勒庇奥斯果然没让忒修斯失望，经过他的医治，希波吕托斯的心脏再次跳运起来，因为他已经“死”过一次，已经从生死簿上除了名，所以终生再不受死神的威胁。希波吕托斯就这么做了个长生不老的“活死人”，他改名叫维比瑶斯，长住意大利，从此被供奉为神明。

此后阿斯克勒庇奥斯经常把人从死神手里抢回来，但同时也送了自己的性命。医生的天职是“救死扶伤”，但这个“死”可不是死人，阿斯克勒庇奥斯违反了宙斯当年制定的基本规则，眼看来阴间报道的人越来越少，冥王哈得斯不干了，以“非法抢人”的罪名把阿斯克勒庇奥斯告到了宙斯那里。结果宙斯出来维护“生态平衡”，随手发了个霹雳把阿勒克斯庇奥斯击死了。

阿波罗心疼儿子，可又不敢找宙斯算账，于是迁怒于给宙斯造雷霆棒的三个独眼巨人。他偷偷离开奥林匹斯山，来到了意大利的埃特纳火山口。这座火山的深处就是独眼巨人们为宙斯造雷霆棒的兵工厂。阿波罗站在火山口，咬着牙张弓搭箭，把这三个巨人都给射死了。这是典型的“打击报复”行为，宙斯知道后大怒，惩罚阿波罗到人间去受苦，“劳动改造”，阿波罗做了斐赖城的国王阿德米特斯的奴隶，有人说是一年，有人说是九年。

阿斯克勒庇奥斯的后代中包括两个儿子和四个女儿，儿子们都参加了特洛伊战争，没有一个“子承父业”，而他的四个女儿都跟着老爸当了“护士”：大女儿名叫伊阿索（Iaso），意为“医疗”；二女儿名叫帕娜克亚（Panacea），意为“百病皆治”；三女儿名叫埃格勒（Aegle），意为“光明”；小女儿名叫许格亚（Hygeia），意为“卫生”。

这四姐妹中，小女儿许格亚的名字直到现在还经常能在医科大学里见到或听到，英语单词hygiene（卫生学）就是源于她的名字，按照现代的解释，这个词的意思包括医生实施的所有保护和促进健康的措施。

阿斯克勒庇奥斯成了医生的保护神，他死后数百年，还有无数病人到他的神殿求医。无论是身患重病还是天生残疾，据说人们祈祷祭拜后在神殿里睡一觉，梦中就会有医生告诉他们治疗方法，许多人从中受益。

最后说一句，我们现在还经常会在医学标志、徽章上看到的蛇杖也和阿斯克勒庇奥斯有关。我们知道，阿斯克勒庇奥斯的标志物之一是蛇杖，另外，在阿斯克勒庇奥斯的神殿里，祭司们饲养了许多褐色的无毒蛇，他们把蛇看作是阿斯克勒庇奥斯的使者，我们看到的徽章上的蛇就是这种褐色蛇。

阿斯克勒庇奥斯当年创办的“医学院”一直红红火火，后来培养出了一大批名医，其中最有名的是希波克拉底（Hippocrates），如今他被尊称为“医圣”和“西方医学之父”，世界上所有医科大学的学生们毕业时或正式成为职业医生时，都会参加一项名为“希波克拉底宣誓”的仪式。

在爱琴海的科斯岛上有一颗巨大的法国梧桐树，它是到岛上参观的游人特别是医务工作者们景仰的“活着的历史文物”。相传在公元前5世纪末，希腊立志从医的年轻人都要在这棵梧桐树下宣誓，那段誓词就是希波克拉底的誓言。

这段誓言最初本是希波克拉底自己个人的行医道德自律准则，在他成为科斯岛上一所医学学校的管理者之后，这段话就成了该校的校训。后来随着希波克拉底的名声越来越大，这段誓词的影响渐渐超越了科斯岛，超出了希腊、罗马，在世界各地无数次地被传诵，成为全球医生共同遵守的道德自律准则。因为翻译的不同，《希波克拉底誓言》的中文翻译有两个较流行的版本，咱们分别来看一下。第一个版本比较适合现代人的行文方式，全文如下：

医神阿波罗、阿斯克勒庇奥斯及天地诸神作证，我——希波克拉底发誓：

我愿以自身判断力所及遵守这一誓约。凡教给我医术的人，我应像尊敬自己的父母一样尊敬他。作为终身尊重的对象及朋友，授给我医术的恩师一旦发生危急情况，我一定接济他。把恩师的儿女当成我希波克拉底的兄弟姐妹，如果恩师的儿女愿意从医，我一定无条件地传授，更不收取任何费用。对于我所拥有的医术，无论是能以口头表达的还是可书写的，都要传授给我的儿女，传授给恩师的儿女和发誓遵守本誓言的学生；除此三种情况外，不再传给别人。

我愿在我的判断力所及的范围内，尽我的能力，遵守为病人谋利益的道德原则，并杜绝一切堕落及害人的行为。我不得将有害的药品给予他人，也不指导他人服用有害药品，更不答应他人使用有害药物的请求，尤其不施行给妇女堕胎的手术。我志愿以纯洁与神圣的精神终身行医。因我没有治疗结石病的专长，不宜承担此项手术，有需要治疗的，我就将他介绍给治疗结石的专家。

无论到了什么地方，也无论需诊治的病人是男是女、是自由民是奴婢，对他们我一视同仁，为他们谋幸福是我唯一的目的。我要检点自己的行为举止，不做各种害人的劣行，尤其不做诱奸女病人或病人眷属的缺德事。在治病过程中，凡我所见所闻，不论与行医业务有否直接关系，凡我认为要保密的事项坚决不予泄漏。

我遵守以上誓言，目的在于让医神阿波罗、埃斯克雷彼斯（即阿斯克勒庇奥斯——作者注）及天地诸神赐给我生命与医术上的无上光荣，一旦我违背了自己的誓言，请求天地诸神给我最严厉的惩罚！

第二个版本文言意味比较浓：

仰赖医神阿波罗、埃斯克列彼斯（即阿斯克勒庇奥斯——作者注）及天地诸神为证，鄙人敬谨宣誓愿以自身能力及判断力所及，遵守此约，凡授我艺者敬之如父母，作为终身同业伴侣，彼有急需我接济之。视彼儿女，犹如兄弟，如欲受业，当免费并无条件传授之。凡我所知无论口授书传俱传之吾子，吾师之子及发誓遵守此约之生徒，此外不传与他人。

我愿尽余之能力及判断力所及，遵守为病家谋利益之信条，并检束一切堕落及害人行为，我不得将危害药品给予他人，并不作该项之指导，虽有人请求亦必不与之。尤不为妇人施堕胎手术。我愿以此纯洁与神圣之精神，终身执行我职务。凡患结石者，我不施手术，此则有待于专家为之。

无论至于何处，遇男遇女，贵人及奴婢，我之唯一目的，为病家谋幸福并检点吾身，不作各种害人及恶劣行为，尤不作诱奸之事。凡我所见所闻，无论有无业务关系，我认为应守秘密者，我愿保守秘密。倘使我严守上述誓言时，请求神让我生命与医术能得无上光荣，我苟违誓，天地鬼神实共殛之。

“希波克拉底誓言”主要有四方面的内容：一是对传授知识者心存感激；二是全心全意为服务对象谋利益；三是绝不利用职业便利做缺德以及违法的事；四是严格保守秘密，尊重个人隐私。

“希波克拉底誓言”在世界上回响了两千多年，它的影响已经远远超出了医学范围，成为职业道德、事业良知的代名词。在这段简短而又朴实的誓言面前，任何鸿篇巨制都会黯然失色。在我们这个越来越唯利是图的社会，重温“希波克拉底誓言”，哪怕只有些许的感动，也请尽可能地把它保持延续下去。

第五章　阿波罗的同性恋伙伴库帕里索斯

阿波罗答应了他，把他变成了一棵柏树。阿波罗说：“我将永远为你悲伤，英俊的少年，你将为别人的痛苦悲伤，你就永远与哀伤者在一起吧。”从此希腊人遇到家人去世，就在门边挂上柏枝，焚化死者遗体的火旁也装饰柏枝，而且人们还在坟墓四周栽植一些柏树。

希腊神话中同性之间的爱情并不少见，许多大神和英雄都是双性恋，比如波塞冬、阿波罗、赫拉克勒斯等等，下面我们就来看一个关于阿波罗的。

刻俄斯岛的卡耳透斯谷有一头属于某位神女的圣鹿，长得非常美丽，打扮得更是珠光宝气，简直不像头鹿了呢！它的角上包覆着黄金，脖子上戴着珍珠项链，就连两只竖起的耳朵上也点缀着珍贵的耳饰。

这头鹿一点儿也不怕人，它反而经常主动走进人们的家中，伸出脖子任人爱抚。当地的居民们都很喜爱这头鹿，从来不会打它的主意，刻俄斯岛国王的儿子库帕里索斯（Cyparissus）尤其喜欢它。这位库帕里索斯就是阿波罗的绯闻男友。

一个夏日的正午，天气非常闷热，这头鹿跑到了灌木丛中避暑。正好库帕里索斯打猎经到这里，他一时间没看清楚，见到树丛后有猎物，立刻一标枪投了过去，锋利的枪尖一下把鹿穿了个透心凉。当发现自己杀死的是平时最喜爱的圣鹿后，库帕里索斯悲痛欲绝，整日以泪洗面，不吃也不喝。

阿波罗闻讯赶来，然而无论他怎么安慰，库帕里索斯都无法原谅自己的过失，他请求阿波罗让他永远这样哀伤下去。阿波罗答应了库帕里索斯，把他变成了一棵柏树，在希腊语中“Cyparissus”即为柏树的意思。

我们上面已经说过，阿波罗的圣树是达芙妮变成的桂树，这回又一个心爱的恋人变成了柏树，阿波罗也很悲伤，他抚摸着树干说道：“库帕里索斯，英俊的少年，你将为别人的痛苦悲伤，你就永远与哀伤者在一起吧，而我，将永远为你悲伤。”

从此以后希腊人产生了一种新的风俗，每当遇到亲人去世，就在门边挂上柏枝，焚化死者遗体时也使用柏枝，在坟墓四周人们也会栽植一些柏树。

日落

布歇

1729年

布面油彩

64厘米 x 85厘米

现藏伦敦华莱士收藏馆

第六章　琥珀：波罗的海的眼泪

太阳神阿波罗见儿子惨死，伤心得一整天都没露面，整个大地一片漆黑，据说这就是日食的来历。

法厄同是阿波罗和大洋神女克吕墨涅的儿子。和世上众多的英雄一样，法厄同从小就没见过自己的神仙爹。他的母亲克吕墨涅在和阿波罗相好没多久，就再见不到阿波罗的影子了，克吕墨涅就与一个叫墨罗普斯（Merops）的人结了婚。

一晃16年过去了。一天，法厄同忽然来到了父亲阿波罗的宫殿。原来世上有人嘲笑法厄同，说他是个来路不明的私生子，是克吕墨涅和一个不知名的野男人生的杂种。法厄同痛苦异常，克吕墨涅不忍心看儿子伤心，就把实情告诉了他。

一听自己是太阳神的后代，法厄同不再觉得这个私生子身份丢人了，反而感觉前途一片光明。那年头没有DNA亲子鉴定技术，为了证明自己神太子的身份，法厄同缠着母亲问明了寻亲的路线，马上出发找亲生父亲要个向世人展示的凭据。

一看儿子找上门来了，阿波罗也挺高兴，立刻答应送给儿子一件礼物，他告诉法厄同别管什么条件随便提，自己一定满足他。阿波罗万万没想到这个儿子不想要金银财宝，想“夺”他的位，法厄同告诉父亲自己什么东西都不想要，只想驾驶一天太阳飞车。

这个要求大大出乎阿波罗的意料，他感到一阵恐惧，因为太阳车可不是什么人都能驾驶的，除了他之外，几乎没有一个天神有这个能力，连宙斯也不行，更别说凡人了。阿波罗苦劝儿子改变主意，他告诉法厄同驾车的神马脾气暴躁无比，沿途更是危险重重，在人间看起来一动不动的星座，其实都是威力无比的怪兽，巨蟹座、天蝎座、狮子座、金牛座……每个星座都凶猛得很。

然而任阿波罗磨破嘴皮，法厄同打定主意要驾太阳车。阿波罗既然已经承诺就没办法更改，眼看天就要亮了，黎明女神已经打开了大门，天上的星星开始纷纷隐退，阿波罗只好咬着牙答应了儿子。

阿波罗亲手给法厄同的面部涂上了一层防晒膏，然后给他戴上了那顶光芒四射的金冠。这时时序女神荷拉伊三姐妹已经把驾车的四匹带翼天马牵了出来，法厄同兴冲冲地上了马车。阿波罗最后一次叮嘱他千万要小心，不要飞得太高，也不能飞得太低。

法厄同对自己充满了自信，他迫不及待地驾着车子出发了。有句俗话说"人善被人欺，马善被人骑"，人要是没本事马也一样不客气，也想欺负你。四匹拉车的天马很快就发现今天的情况有点儿不对，车子比以往轻得多，像是没有坐人一样。天马们开始任性地狂奔起来，太阳车脱离了轨道，一会儿高，一会儿低地颠簸起来。法厄同这才知道害怕，这时沿途的星座张牙舞爪的凶态更让法厄同恐惧，他一下慌了手脚，不知道该怎么办才好。

法厄同无意中往下望了一眼，只见脚下是广阔无边的大地，自己高高在上，他惊惧得连手中的缰绳都掉了。这一下更不得了，没了束缚的天马撒着欢地四处乱跑，一会儿高冲向云霄，一会儿俯冲向大地，几乎要撞到地面。

坠落的太阳车

莫罗

整个世界仿佛一下陷入火海中，大地龟裂了，森林烧成了灰，无数的河流见了底，今天的利比亚就是在这时成了沙漠，埃塞俄比亚人的皮肤也是在此时被烤成了黑色！

就连天神也受不了酷热的折磨，扛天的阿特拉斯被烤晕了，海里的波塞冬也烫得直跳，地母盖亚口干舌燥，躲到地狱最深处仍然热得受不了。宙斯也热得满头大汗，他终于出手了，一个霹雳击中了太阳车，车子像一颗火流星一样直坠而下，坠落到波罗的海中。

太阳神阿波罗见儿子惨死，伤心得一整天都没露面，燃烧的火焰熄灭后，整个大地一片漆黑，据说这就是日食的来历。

法厄同的姐妹赫得阿得斯（Heliades）五姐妹跪坐在兄弟的坟前整整哭了四个月，当她们想站起来时，却发现自己的脚都已经生了根，而且头发、手脚都变成枝叶，她们正在变成五棵白杨树。五姐妹惊恐地呼唤着她们的母亲克吕墨涅，然而她又能有什么办法？克吕墨涅焦急而又痛心地亲吻着五个女儿，但却丝毫阻止不了她们的变化，很快赫得阿得斯姐妹的脸被树皮包住了，她们的眼泪从树皮中流淌出来，凝结成了一颗颗晶莹的琥珀（amber）。

琥珀堪称是全世界最古老的饰物，和珍珠、珊瑚并称三大有机宝石。全球的琥珀以产自波罗的海地区的最为出色、著名，来自这个地区的琥珀占到了全球总量的80%以上，联想到这个凄美的神话故事，它们因此被称为“波罗的海的眼泪”。

第七章　猎户星座的来历：狄安娜与俄里翁

宙斯为了安慰女儿，就把俄里翁放到天上星宿中间，每天晚上陪着月神在天空中缓缓地飞过。在那里俄里翁仍然是一个巨人，身披狮皮，腰挎宝剑，手中拿着他那根威力无穷的大棒，他的猎犬西利乌斯紧跟在他身后，这就是猎户星座的由来。

我们知道，狄安娜是古希腊神话中的月亮女神和狩猎女神，她是太阳神阿波罗的孪生妹妹，宙斯和勒托的女儿。身为“月亮女神”的狄安娜素以贞洁著称，她曾经许下终身不嫁的诺言，是奥林匹斯山上三大处女神之一。

要按现代人的观点，这位月亮女神恐怕有严重的性冷淡，不管是“男神”还是“男人”，狄安娜一概没兴趣，她最喜欢独自一人或者带着一帮侍女在山林间游荡。美丽的狄安娜枪法出众，射箭更是百发百中，林中的山精树怪色心再大，也没有一个敢招惹她。

下面这幅《狩猎中的狄安娜》是法国“枫丹白露派”画家的作品，作者是谁已经无从知道。法国受意大利文艺复兴的影响较晚，主要始于弗朗索瓦一世，他非常热爱艺术，不惜重金请意大利的艺术家们到法国宫廷工作，这样意大利的艺术被带到了法国，同时也影响了一批当地画家，最后形成了一个新的画派，因为他们常在枫丹白露森林作画，所以被称为“枫丹白露派”。

狩猎中的狄安娜
佚名
约1550年
布面油彩
191厘米 x 132厘米
现藏巴黎卢浮宫

有个故事说，狄安娜刚生下来就帮着母亲勒托接生，阿波罗就是在她的帮助下出生的。听到母亲被天后赫拉迫害大着肚子奔波的艰辛，看到了她生育的痛苦，狄安娜发誓这一辈子不结婚生育。

还有个故事也说狄安娜是因为受了刺激而不愿结婚，不过不是在为母亲接生时，而是发生在她的一次恋爱经历后。

俄里翁（Orion）是海神波塞冬的儿子，他是一个十分英俊的巨人，也是一个具有神力的猎手。有一次俄里翁爱上了地中海喀俄斯岛的国王俄诺皮翁的女儿墨罗佩，他找国王求婚。俄诺皮翁不想把女儿嫁给巨人，又不敢得罪力大无穷的俄里翁，就敷衍他说："想娶我的女儿可以，不过要先通过考验，我的王国现在有很多凶猛的野兽，只要你能把它们全部铲除干净，我就答应你的要求。"

俄诺皮翁国王以为自己分派的这个活儿危险系数超级高，根本就是一项不可能完成的任务，俄里翁就算不被野兽们吃掉，也不可能把它们全杀光。没想到俄里翁挥舞着大棒和利剑，天天在树林里转悠，岛上的狮子、野猪、狼等猛兽一只只死在他的手中，最后全部绝了种。

扫清了"拦路兽"，俄里翁兴冲冲地来找准老丈人汇报工作成果，同时让他兑现自己的承诺。然而俄诺皮翁国王还是不想把女儿嫁给俄里翁，为了永绝后患，他想了个毒招儿。俄诺皮翁假装同意了俄里翁的要求，设盛宴给巨人女婿压惊。俄里翁特高兴，再加上俄诺皮翁的甜言蜜语，他很快就醉得一塌糊涂。俄诺皮翁一看时机成熟，十分残忍地让人刺瞎了俄里翁的双眼，然后把他丢在海滩上。

俄里翁在沙滩上躺了一天一夜才苏醒过来，他醒来后只觉得眼睛剧痛无比，四周一片漆黑，自己什么也看不见。俄里翁抬起手来摸到了自己血淋淋的眼睛，才明白发生了什么事。在黑暗中挣扎的俄里翁痛苦不已，过了很长时间才冷静下来，他决定自救，虽然瞎了眼睛，但俄里翁凭着自己的耳朵，顺着打铁的锤声来到利姆诺斯，走进了火神乌尔甘的工厂。

火神很同情俄里翁的遭遇，就给他指了条治眼的明路，并且安排自己的助手凯达利翁带着他到太阳升起的地方去。凯达利翁坐在巨人俄里翁的肩膀上，指挥着他来到了海洋的尽头，这是每天太阳车首发的地方。俄里翁静静地等着，第二天早上，当世界上的第一缕阳光照到他的眼睛上时，他的眼睛终于恢复了光明。

俄里翁欣喜若狂，他又回到自己从小长大的地方，每天在树林中快乐地穿梭忙碌，过着自己喜欢的狩猎生活。俄里翁有时会碰到狩猎女神狄安娜，狄安娜挺喜欢他，两个人经常结伴射猎，时间一长，慢慢有了感情。一看小伙儿长得高大威猛，而且和自己有共同语言，狄安娜决定和俄里翁结婚。

妹妹和俄里翁一块儿玩玩还行，可真的要夫唱妇随了，狄安娜的哥哥太阳神阿波罗不干了，把妹妹好一通责备，然而狄安娜却铁了心要嫁给俄里翁，兄妹俩因此差点儿翻脸。有人说阿波罗早就爱上了自个儿的妹妹，不容他人追求；有人说热恋中的狄安娜无心工作，人间已经很久见不到月光；有人说俄里翁过于狂妄，曾经夸口说自己武功天下第一，谁也比不过他，结果惹恼了阿波罗，因此十分讨厌他。不管是什么原因，有一点是肯定的：阿波罗对俄里翁意见极大，想置之死地而后快。

一天，阿波罗和狄安娜在一起闲聊，阿波罗忽然看见俄里翁正在远处的海里游泳，只露出一个脑袋。阿波罗眼珠儿一转，马上有了个借刀杀人的主意。阿波罗不聊大天了，他装着没事儿一样和狄安娜探讨一个关于男人和女人的“学术问题”，阿波罗说道：“女人的力气有限，跟男人没法儿比，虽然你是猎神，箭法未必能超过我。”

休憩的狄安娜
皮隆（法国）
1554年
大理石雕像

狄安娜听了阿波罗的话非常不服气，谁都知道她是“猎神”，是这个世界最出色的射手，于是她提出来要和阿波罗比箭。这一下正中阿波罗的下怀，他马上指着俄里翁游泳的海面说道：“看到没有？远处的波浪里有一个小黑点儿，那可能是头海豹，咱们就比赛看谁先射中它。”

海面上那个小黑点正是俄里翁的脑袋，狄安娜一心只想取胜，根本没心思细看，她抢先抽出弓箭，瞄准了小黑点“嗖”的一箭射了过来，小黑点儿立刻沉入了海水中，再也没上来。

等到知道她射中的是自己的未婚夫俄里翁时，狄安娜追悔莫及，俄里翁再也不可能活过来了。当海浪把俄里翁的尸体推上岸，推到狄安娜的面前时，女神泪流不止。宙斯为了安慰女儿，就把俄里翁放到天上星宿中间，每天晚上陪着月神在天空中缓缓地飞过。在那里俄里翁仍然是一个巨人，身披狮皮，腰挎宝剑，手中拿着他那根威力无穷的大棒，他的猎犬西利乌斯紧跟在他身后，这就是猎户星座的由来。

伤心的狄安娜从此后不愿再坠入爱河，她变得像月光一样清冷。

第八章　狄安娜与恩底弥翁

据说这个爱情故事一直延续到现在，在拉特摩斯的山谷中，年轻英俊的恩底弥翁还在沉睡，仍然做着他的美梦，而美丽的狄安娜每天在黄昏的时候，一定会准时徘徊在这个幽静的山间，轻轻地给恩底弥翁献上一个亲吻。

除了俄里翁，狄安娜一生中还爱过一次，而这一次延续的时间却是一辈子！

一天晚上，狄安娜来到迈安德洛斯河上空，被这里如诗歌般恬静的美景深深地吸引了，忍不住下来享受这份宁静。她忽然在一座庙宇的台阶上发现了一位正睡得香甜的英俊少年，在皎洁的月光下，他是那么地美丽，看起来就像一尊大理石雕像。久未动情的狄安娜突然就坠入情网，她深深地爱上了这个少年，看看四下无人，狄安娜偷偷地走上前在少年嘴唇上亲了一下，然而满面红霞地逃开了。

情意绵绵的狄安娜没想到小爱神丘比特此时就在旁边，这一切都被他看在眼里。一向对异性没感觉的狄安娜主动献吻，这可是天大的新闻，丘比特高兴万分，急匆匆地赶回众神居住的奥林匹斯山，向他母亲维纳斯报告。

睡梦中的恩底弥翁
吉罗代·特里奥松（法）
1791年
布面油彩
198厘米 x 261厘米
现藏巴黎卢浮宫

这时在石阶上沉睡的美少年醒来了，他的名字叫做恩底弥翁，平时在这个山谷中牧羊，因为乏了就躺下睡了一觉，并且做了个美梦。恩底弥翁梦见一位美丽的仙女亲吻了他一下，当他急切地伸出双手想要搂抱她时，仙女却像一阵风一样消失了。

恩底弥翁揉揉眼睛，向四处看了看，山谷间依然静悄悄的，月光如水般泻满大地，一切都和他睡觉前一样，哪儿有仙女的影子？恩底弥翁叹口气，很快又睡着了。

第二天黄昏，狄安娜不由自主地又来了。她看到恩底弥翁依然在石阶上熟睡，就又亲了他一下，然后羞答答地跑开了。恩底弥翁醒来后觉得很奇怪，自己又做了和昨天一样的梦，而周围依然静寂无人。他又深深地叹口气，重新躺下睡着了。

就这样，日子一天天过去，狄安娜每天都要来亲吻这位美少年，而恩底弥翁每晚做着同样的梦。

就在这段时间，奥林匹斯山上的众神都知道狄安娜陷入一场浪漫的恋爱中，大家都在暗中笑她这种独特的示爱方式，只有维纳斯最了解狄安娜的心情，一天她对狄安娜说："凡人的美丽与青春是不能永驻的，他们需要劳作费神，所以一定会变得衰老而丑陋，不像我们神仙可以永葆青春。如果你真的爱上了这个凡人，不如去求你的父亲，请他施法让这个人永睡不醒，这样他就不会变老，你可以永远见到他俊美的脸庞。"

狄安娜与恩底弥翁

很难说维纳斯出的这个主意到底是高招还是馊主意，不过狄安娜觉得特好，她马上跑去恳求父亲宙斯，于是宙斯就让恩底弥翁一直睡下去，永远做着相同的美梦。

据说这个爱情故事一直延续到现在，在拉特摩斯的山谷中，年轻英俊的恩底弥翁还在沉睡，仍然做着他的美梦，而美丽的狄安娜每天在黄昏的时候，一定会准时徘徊在这个幽静的山谷，轻轻地给恩底弥翁献上一个亲吻。

第九章　“画说”狄安娜与阿克泰翁

有一次卡德摩斯的孙子阿克泰翁在打猎时无意中撞见了正在洗浴的狄安娜和她的侍女们，结果狄安娜恼羞成怒，阿克泰翁死得极惨。

上面恩底弥翁的故事让我们看到了“月神”狄安娜的温柔似水，而同时作为“狩猎女神”的狄安娜有时又表现得很残忍。有一次卡德摩斯的孙子阿克泰翁在打猎时无意中撞见了正在洗浴的狄安娜和她的侍女们，结果“老处女”狄安娜恼羞成怒，阿克泰翁死得极惨。

说起来阿克泰翁还是狄安娜的亲戚，他的爷爷卡德摩斯和宙斯的情人欧罗巴是兄妹，要按辈论，阿克泰翁还得管狄安娜叫姑姑。不过狄安娜不管这一套，希腊神话中的神基本上全是六亲不认，一方面无论男女老少的乱伦，一方面不分青红皂白地自相残杀。就拿阿克泰翁的惨案来说，这事不能怪阿克泰翁，他并没有偷窥的意思，主要责任在狄安娜，“天体浴场”周边不设安全警卫，大侄子闯进来饱了眼福那只能算是“意外事故”，但自认为吃了亏的狄安娜却痛下杀手。

狄安娜惩罚阿克泰翁是古罗马诗人奥维德的名著《变形记》中的一个故事，故事的寓意本是告诉人们人生的无常和命运的偶然，不过一般人没心思考虑这么多，脑子大都用到琢磨那个“天体浴场”的场面去了。这个故事是许多画家喜欢的题材，几乎每个片段都有一大批人画过，咱们下面就在其中选取比较经典的几幅，像连环画一样看一看。

第一幅画是休息中的狄安娜。估计是刚打猎回来，狄安娜半躺在那儿休息。服侍她的神女有的忙着给她收拾弓箭标枪，有的忙着喂狗，没活儿的几位，有的累了躺那儿睡着了，还有一位在宽衣解带，准备洗浴。

第二幅是法国巴比松派画家柯罗的《狄安娜与阿克泰翁》。这时故事刚刚开始，狄安娜和她的侍从仙女们有的聊天，有的戏水，正在享受安宁的生活，而阿克泰翁带着他的猎狗慢慢搜索过来。此时大家各忙各的，都还没发现对方。

狄安娜与阿克泰翁

柯罗（法）

布面油彩

156厘米 x 113厘米

第三幅画是意大利画家提香的《狄安娜和阿克泰翁》。阿克泰翁猎物没找到，却闯入了狄安娜的“天体浴场”。估计这帮神仙经常这么洗浴，根本没想到会有突发事件，男同志都快跨入澡盆了，才有那么一两个稍微警觉点儿的侍女发现不对头，扯着衣服向主人报警。

帮狄安娜擦脚的神女还一点儿感觉没有，仍然尽职尽责地在那儿低头猛擦，最可气的是她旁边坐着的那一位，笑眯眯地看着阿克泰翁，显然脑子还没反应过来。

狄安娜和阿克泰翁

提香

1559年

布面油彩

188厘米 x 206厘米

第四幅画是意大利画家阿尔巴尼的《变奏》。阿克泰翁的突然出现把一群裸仙们惊呆了，虽然仙女们都特忠心，醒过神来后纷纷冲过来“牺牲”自己，用赤裸裸的身子护住主人，但狄安娜身材高大，还是露了小半个身子出来。

狄安娜可不像中国神话中的七仙女那么温柔好说话，面红耳赤的女神恼羞成怒，她这是光着，要是手里有弓箭，早就一箭把阿克泰翁射死了！阿克泰翁转身想逃，但一切都已经太晚了，狄安娜把手中的水泼向阿克泰翁，然后指着他诅咒说：“要是你能够，就说你看到了裸身的狄安娜！”

变奏

阿尔巴尼（意大利）

布面油彩

52厘米 x 62厘米

现藏巴黎卢浮宫

第五幅画是法国画家特鲁瓦的《阿克泰翁突然出现在狄安娜面前》。被狄安娜泼出的水淋到的阿克泰翁片刻间就开始变形，他的头上长出了两个犄角，脖子开始变长，手脚变成了蹄子，身上的皮肤和衣裳变成了皮毛. 可怜的阿克泰翁这时还不知道，自己已经被狄安娜变成了一只麋鹿！不但“形似”，而且“神似”，狄安娜同时给了他一个像麋鹿一样易惊的小胆。

“麋鹿”阿克泰翁忽然开始狂奔起来，虽然他自己都不知道到底在害怕什么，但心中只是想尽快逃离这个恐怖的地方。

阿克泰翁突然出现在狄安娜面前
特鲁瓦（法国）
1734年
布面油彩
132厘米 x 196厘米
现藏巴塞尔美术博物馆

阿克泰翁命中注定有个极其悲惨的结局。当他变成麋鹿跑出石洞时，自己打猎带来的50条猎狗发现了他，立刻兴奋地嗷嗷叫着扑了过来。猎狗们可不是争先恐后地向主人献媚，这时它们已经认不出自己的主人了，在它们眼中这只麋鹿只不过是个猎物！

看着猎狗们尖利的牙齿，阿克泰翁心胆俱寒，他一边惊恐万分地奔跑逃命，一边大声喊着："我是阿克泰翁，你们的主人，不要咬我！"然而他发出的声音已经不是人声，而是又小又细的鹿鸣，很快就淹没在一片犬吠声中。绝望的阿克泰翁终于被一只猎狗咬住了肩膀，其他猎狗蜂拥而上，凶狠地撕咬着他的身体，眨眼间阿克泰翁身上已经找不到一块好肉，他倒在地上，痛苦地呻吟着……

这时，和阿克泰翁一起来打猎的随从和朋友们也赶来了，他们兴致勃勃地观赏着这血淋淋的一幕，还很遗憾阿克泰翁不知到哪里去了，没有和大家共享这个胜利时刻！

阿克泰翁奄奄一息地躺在地上，拼尽最后一口气呼唤朋友们救他，但谁也不会想到这只浑身是血的小鹿就是阿克泰翁，他最终被自己的猎狗撕成了碎片。在生命的最后时刻，阿克泰翁亲身体会到了野兽被围捕时的恐惧以及被撕咬时的痛苦和绝望，他带着创伤和悔恨死去了。听到这一消息，狄安娜终于满意了。

第十章　狄安娜出浴

雷诺阿曾经狂赞说："布歇的狄安娜是使我欣喜若狂的作品，我完全成了她的俘虏——布歇才是最好地理解了女性人体的画家！"

我们上面看到了柔情似水的"月神"狄安娜和残忍的"猎神"狄安娜，这一章再来看一下出浴的狄安娜。中国有名的是"杨贵妃出浴"，希腊神话中是"狄安娜出浴"。这个话题和希腊神话本身没多大关系，主要源于法国画家布歇的一幅画。

《狄安娜出浴》是一幅洛可可艺术杰作，也是布歇（1703—1770）最成功的一幅作品，雷诺阿曾经狂赞说："布歇的狄安娜是使我欣喜若狂的作品，我完全成了她的俘虏，布歇才是最好地理解了女性人体的画家！"

《狄安娜出浴》画面上有两位美丽的女子——狄安娜和她的侍女。刚刚狩猎

狄安娜出浴

布歇

1742年

57厘米 x 73厘米

现藏巴黎卢浮宫

归来洗浴后的狄安娜正在擦拭身体，她头上的月形饰物以及画面左边的猎狗和箭筒、右边的猎物和弓都是为了表明她的身份。一个冷酷无情的，以贞洁和美丽著称的女神，被布歇画得如此楚楚动人，有人拼命夸赞，自然有人表示不满，有些评论家就站出来指责这种裸体女人哪儿像仙女？不过是刚从缎子枕衾里爬出来的娇滴滴的贵族女性的化身，看看她手上拿着什么？珍珠项链！

批评者中最具代表性，也最激烈的非狄德罗莫属，他骂了人家一辈子！看完布歇这幅画，狄德罗的嘴几乎就没停过，他说布歇的艺术主要就是为那些纨绔子弟、风流女子，以及对真正的高雅趣味一窍不通的人服务的。狄德罗痛骂布歇是：“一个一生都和两个下流娼妓（指布歇的女模特儿缪菲姐妹）过活的人。”“他的女神的风韵是从德桑的媳妇（当时的名妓）那里学来的。”“我敢对布歇说，如果你的作品是专给十八岁的不浪漫主义青年看的，你就画你的女人奶头和屁股吧。但是，尽管人们把你摆在展览会最引人注目的地方，我们还是不屑一顾的。”“我敢说，高雅、正直、纯真、朴素等观念，对他几乎已经是生疏的了。”

狄德罗简直就是布歇的“天敌”，据说直到1770年，他听到布歇去世的消息时才停止指责，狄德罗说：“我对布歇已经说了太多的贬词，我休战了。”

布歇之所以会被这么多人骂，除了人物形象，有个原因不容忽视，那就是这幅《狄安娜出浴》是法国国王路易十五特意为他的猎宫订制的。这样一来，本来就有献媚权贵之嫌，再加上路易十五又是个出了名的好色之徒，人们自然而然会往这方面想，认为布歇是为了取悦色鬼领导才这么画，法国作家龚古尔就说过：“布歇是用猥亵的暗示与刺激，来减轻路易十五的伤感。”

其实问题也不一定就这么复杂，每个人的欣赏品位不一样，谁规定仙女儿就一定得长得高雅脱俗？应该说布歇笔下的狄安娜出浴还是别有一番味道的，下面这幅《狄安娜出浴》的同名作品是19世纪的法国画家赫尔纳画的，画中的人物确实比布歇笔下的狄安娜更像仙女儿，可画就是没人家出名。

狄安娜出浴

赫尔纳（法）

第八天

俄耳甫斯与欧律狄克：人生没有回头路

俄耳甫斯是希腊神话故事中，少数几个到过冥土的凡人之一。

俄耳甫斯和欧律狄克的故事是个悲剧，从中我们可以发现一个道理，那就是尽管有时我们尽一切努力想挽留远离我们生活的人或物，但最终结局却总是无法改变。换句话说，人生没有回头路，无论对于谁来说，这都是一个无法改变的定律，所以一定要珍惜所能拥有的生活。

俄耳甫斯的琴声不但可以令猛兽驯服，甚至连树木都弯向他，坚硬的石头也变得松软。

有句俗话说“阴阳殊途”，冥土和人间是完全不同的两个社会，鬼魂不能随便离开冥土到处乱跑，同样凡人一般也到不了冥土。希腊神话中，就算是宙斯也不能随便到冥土串门儿，能够自由出入冥土的神只有赫耳墨斯一个，这是因为他是接送使，人死后魂魄就由他送到阴间。而以凡人之躯到阴间走过一遭的也只有少数几个，最伟大的英雄赫拉克勒斯、忒修斯、丘比特的恋人普赛克、推大石头上山的西齐弗勉强算是，还有一个就是俄耳甫斯。

俄耳甫斯的母亲是“文艺女神”缪斯九姐妹中的小妹卡利奥佩，她主管的是弦乐和叙事诗；至于俄耳甫斯的父亲是谁，主要有两种说法：一说是色雷斯的国王俄阿格洛斯，一说是太阳神阿波罗。一般大家都认为俄耳甫斯是阿波罗的亲生儿子，因为阿波罗是音乐之神，俄耳甫斯最拿手的乐器竖琴就是阿波罗送给他的，而且他还得到了阿波罗的真传，试想不是自己的亲生儿子，谁能下这么大工夫？

咱们中国流传下来的故事中也有关于乐手的，据说高明的乐手弹琴时，不但让人们听得三月不知肉味，还可以让鸟兽们也听得如痴如醉，比如春秋时就有个吹箫引凤的故事。当时有个美男子叫萧史，人称萧郎，这个人极善吹箫，秦穆公的漂亮女儿弄玉也精于此道，两个人“一吹即合”，于是结为夫妻。这可真称得上是郎才女貌，而且女方的家庭条件又好，不需要男同志出去打工赚钱，所以夫妻二人终日以吹箫为乐。吹了没几天引得无数凤凰飞来，随着箫声翩翩起舞，为此秦穆公专门为他们建了一座凤台。后来，箫声又引来了一条龙，结果萧史御龙弄玉乘凤，双双仙去，但闻空中仙乐飘飘。

俄耳甫斯出身音乐世家，不但琴弹得好，歌声也一流，他是希腊最著名的歌手，有“行吟诗人之王”的美称。俄耳甫斯的琴技和歌声比萧史和弄玉更厉害，不但可以令猛兽变得温驯，甚至连树木都弯向他，坚硬的石头也变得松软。

俄耳甫斯的妻子叫做欧律狄克（Eurydice），长得非常美丽，大家都说他俩是郎才女貌、天作地合的一对。然而令人可惜的是两个人的婚姻实在是太短暂了。新婚后的第十天，欧律狄克和女伴到山谷采花，在那里她们遇到了一个边牧羊边放蜂的青年阿里斯泰奥斯（Aristaeus）。这个年轻人对欧律狄克很有好感，就过来和她搭讪。欧律狄克很害怕，转身就跑，结果不小心踩到了草丛里的毒蛇，被蛇咬中脚后跟而死。

还被新婚幸福包围的俄耳甫斯根本接受不了丧妻的事实，日日以泪洗面，他每日都弹着七弦琴唱着悲歌。俄耳甫斯的歌声撕心裂肺，琴音令人断肠，整个世界似乎一下陷入了无尽的悲哀中。

悲痛稍定，俄耳甫斯就做出了一个大胆的决定，他要到可怕的冥土，请求冥王哈得斯把欧律狄克还给他。在冥后珀耳塞福涅的母亲“丰收女神”得墨忒耳的指点下，俄耳甫斯终于从泰纳隆洞穴下到了冥土，开始了他的救妻之路。

有句改编了的俗话说“有钱走遍天下，无钱寸步难行”，这话在阴间也一样通用。

下面我们先简要介绍一下冥土的地理和交通，反正这地方大家或早或晚都要去，早了解点情况有备无患。

要到达冥土的一把手冥王哈得斯的宫殿，必须先经过几条河。第一条是阿克戎河（Acheron），即“悲怆之河”。这条河上没有桥，只有一条无底的牛皮船，一个叫做卡戎的老船夫负责把魂魄们渡过河。有句改编了的俗话说“有钱走遍天下，无钱寸步难行”，这话在阴间一样通用。船夫卡戎就是这样，收不到船钱是绝对不会让鬼魂们上船的。因为这条河上只此一家别无分号，卡戎的生意特好，而那些没钱的孤魂野鬼只能望船兴叹，一群群地在河对岸游荡。看来一文钱不但能难死英雄汉，没钱想做个有户口的鬼都做不成！古希腊人有个习俗，在下葬前要在死者嘴里放上一枚铜钱，据说就是为了让魂魄们能顺利登上卡戎的破船。

第二条河叫做科库托斯河（Cocytus），即“忧虑之河”。第三条河叫做弗勒格同河（Phlegethon），即“烈焰之河”。第四条河叫做勒忒河（Lethe），即“忘却之河”，也叫做“忘川”。过了这条河，魂魄们就会将自己在阳间的一切忘得干干净净，对人间再没有一丝的留恋，这样才能在阴间开始新的生活。

过了这四条河，就会来到一片旷野，往右走能到达极乐净土埃律西翁（Elysion），往左走则是无限地狱塔尔塔洛斯。直接往前走又会看到一条河，这条河叫做斯提克斯，意即“憎恶之河”，过了这条河，是一片阴湿的荒野，这儿除了黑色的柳树和一种叫做阿斯福得洛斯（Asphodelos）的类似水仙的植物外，寸草不生，也没有任何动物。

走过这片荒野，就看到了冥王哈得斯的宫殿，门口是三个脑袋的看门狗刻耳柏洛斯。

俄耳甫斯跪下来祈求道："请把我的爱妻还给我吧，如果不行，那就把我也留下吧，既然不能同生，就让我的灵魂和欧律狄克在一起。"

俄耳甫斯首先遇到的是阿克戎河的船夫卡戎，想从他这儿蒙混过关是绝不可能的，这老头儿不但"认钱"还"认人"，在数不清的魂魄中他一眼就看出俄耳甫斯是个活人。除了运人过河外，卡戎还兼任着"鬼门关"检察员的角色，一看俄耳甫斯想闯"鬼门关"，他马上愤怒地挥起船桨向他打去。就在这时，俄耳甫斯拨动琴弦唱起了歌，卡戎一下呆住了，他从来没有听到过这么忧伤的曲子，满脸都是泪水，就连他身下的那条阿克戎河也受不了这琴声，呜咽着为自己在阴间流淌的可怜身世哀叹。那些排队等着过河的魂魄更是哭声一片，一个个都想起了自己活着时的美好生活。

卡戎二话没说，立即把俄耳甫斯渡过了河，并且亲自送上岸，详详细细地给他指明了道路。俄耳甫斯慢慢走远了，卡戎仍然呆呆地站在那儿，他还不想上船，俄耳甫斯的歌声让他太感动了，以至于忘了回去。

虽然是"鬼生路不熟"，但凭借着音乐的力量，俄耳甫斯在阴间一路畅通：他的琴声让"悲怆之河"悲上心头，痛哭不止；让"烈焰之河"的烈火熊熊，从中一分为二，为俄耳甫斯让出了一条路；那条"忘川"听得更入神，干脆忘了自己是谁。

在飘来飘去的魂魄们惊讶的目光中，俄耳甫斯终于来到了冥王哈得斯的宫殿，他的琴声让凶狠的三个脑袋的看门狗吐着舌头温驯地趴在地上。俄耳甫斯径直走向哈得斯和冥后珀耳塞福涅的宝座，"面无人色"的哈得斯面无表情地看着他，珀耳塞福涅看到来了个大活人，显得很惊奇。

俄耳甫斯的琴声又响了，他从自己新婚的甜蜜一直唱到了丧妻的悲痛和孤独寂寞，哀婉的歌声让阴间的一切都似乎停止了运转，万物都在聆听，幽灵鬼魂们个个泪流满面，凶狠的三头狗刻耳柏洛斯温驯地蜷缩在那儿，每个头都在默默哭泣。那个"要钱不要命"的船夫卡戎转眼间成了败家子，把从魂魄们那里收来的铜钱大把大把地抛向空中；坦塔罗夫受罚的那个池塘的水不再落下，他一低头就可以喝到水，然而坦塔罗夫却呆呆地站在那儿，完全忘记了口渴；伊克西翁的惨叫声听不到了，因为他受刑的那架永不停转的火轮忽然停止了转动；达那俄斯的女儿们停止了往无底罐里注水，水也忘了从罐底流走；推石头上山的西齐弗停下了，巨石自己停在了半山腰的坡上，却不往下滚落，西齐弗倚靠在巨石上静静地倾听着。

据说当时连心硬如铁、“有仇必报”，从不知道哭泣为何物的复仇三女神的面颊也第一次被感动的泪水打湿了；冥后珀耳塞福涅想到自己被掠的悲惨命运，陷入了深深的悲哀之中；就连哈得斯也受不了俄耳甫斯的哭诉，看上去一脸哭相，似乎马上就会号啕大哭。

看看煽情煽得差不多了，俄耳甫斯跪下来祈求道：“我不能没有欧律狄克，冥王和冥后啊，请你们把她，我的爱妻，还给我吧！还她自由，让她过早凋零的生命重获青春。如果不行的话，那就请把我也留下吧，既然不能同生，那就让我的灵魂和欧律狄克在一起。”

听了俄耳甫斯的哭求，眼泪都流干了的魂魄们更是放声干号，冥后珀耳塞福涅擦着眼泪不住点头，冥王哈得斯马上招手让手下赶快把欧律狄克带过来。俄耳甫斯历尽千辛万苦，终于见到了自己的妻子，两个人激动万分地拥抱在一起。

哈得斯呆呆地看着这对相拥而泣的可怜夫妻，他忽然一挥手说道：“好吧！俄耳甫斯，不要再唱了，带着你的妻子走吧。唉，生者和死者是不能对视的，冥界的法则被你打破太多了，不能再这样了，记住！在走出冥府大门前，你一眼也不能再看跟在你后面的欧律狄克，如果在回到阳间之前你回了头，她就永远不属于你了。”

谁都听得出哈得斯冰冷的声音中充满了感动，冥后珀耳塞福涅第一次用温柔的目光看了他一眼，又叮嘱道：“虽然行走的路上没有声音，但你绝不是孤身一人，千万记住，俄耳甫斯，走出冥府大门前不要回头，这是冥界的规矩。走好啊，俄耳甫斯，欧律狄克。”

俄耳甫斯的故事是个悲剧，它告诉我们，人生没有回头路，无论对于谁来说，这都是一个无法改变的定律。

欣喜若狂的俄耳甫斯谢过了冥王冥后，走出了哈得斯的宫殿，踏上了归程，欧律狄克紧跟在他后面。在他们身后，西齐弗推巨石上山的声音、达那俄斯的女儿们倒水的声音、伊克西翁的惨叫声不断传来，阴间的惩罚又重新开始了。

俄耳甫斯和欧律狄克在黑暗中默默走着，每隔一会儿，俄耳甫斯就会忍不住问一句："你在后面吗，欧律狄克？"欧律狄克则会回应说："我在，俄耳甫斯，放心吧，千万别回头啊！"

走着走着，俄耳甫斯心中忽然产生了一种无法形容的渴望，他偷偷侧耳听了听，看能不能听到妻子的呼吸或衣裙的声音，然而他什么也听不见，四周一片死寂。想到冥王冥后的叮嘱，俄耳甫斯努力控制着自己的欲望。终于，他们顺利坐上了卡戎的船，过了这最后一条河，又走了很久，俄耳甫斯忽然看到前面有一丝亮光，那里就是冥界的入口。俄耳甫斯兴奋到了极点，大声说道："欧律狄克，我们出来了！"边说边把头转向后面。

就在这时，俄耳甫斯忽然听到欧律狄克发出了一声绝望的呼喊："别回头……"然而一切都已经迟了，俄耳甫斯看到了欧律狄克哀伤的眼神，之后眼睁睁看着她飘坠向冥土那无底深渊。俄耳甫斯悔恨交加，他又冲向黑暗中，希望再次去恳求冥王开恩。然而这回他知道了什么叫"阎王好见，小鬼难缠"，把这么多年收来的钱扔了个一干二净的船夫卡戎冷冰冰地堵住了他，任俄耳甫斯说破嘴皮也再不让他上船。俄耳甫斯故伎重施，他在这条冥河边待了七天七夜，不停地弹琴哭诉，然而却再也无法打动卡戎的心。

俄耳甫斯失魂落魄地回到人间，他从此远离人群，游荡到色雷斯偏僻的深山密林中，独自一个人住在那里的洞穴中。俄耳甫斯永远忘不了美丽的欧律狄克，再漂亮的女人也无法打动他的心，他对所有的女人都不屑一顾。不知道是不是受刺激太深，俄耳甫斯把爱情转向少年童子身上，他似乎有同性恋的倾向。

虽然俄耳甫斯立誓不娶，不过色雷斯的少女们却都狂热地爱恋着这位诗人歌手，不知道有多少位美丽的女子因为他的拒绝而悲伤。由爱生恨的故事很多，俄耳甫斯的结局也是这样。一天，俄耳甫斯正在山上弹琴唱歌，一群色雷斯女人参加完祭拜酒神狄俄尼索斯的庆典和狂欢活动后冲上山，其中一个指着俄耳甫斯叫道："瞧，那个嘲讽侮辱我们女人的男人在那儿！"

于是一群少女纷纷捡起石头向俄耳甫斯狠狠地投去。然而石头都坠落在俄耳甫斯的脚边，它们都被美妙的琴声陶醉了，没有一块石头忍心伤害他。少女们齐声尖叫起来，声音盖住了俄耳甫斯的琴声，终于有一块石头击中了他的头部，俄耳甫斯倒下了。疯狂的少女们一拥而上，撕碎了俄耳甫斯的身体，把他的头和竖琴都扔进了赫布鲁斯河（Hebros），顺流而下的竖琴依然发出动人的乐声，俄耳甫斯的口中也仍有歌声不断飘出，流水拍击着河岸，像是击打着悲哀的节拍。

俄耳甫斯的头颅和竖琴随着水流飘进大海，飘向斯伯斯小岛的岸边，岛上的居民把它们都捞了上来。悲伤的缪斯姐妹闻讯赶来，她们把俄耳甫斯破碎的肢体

拿着俄耳甫斯头颅的色雷斯姑娘

莫罗

1865年

木板油彩

154厘米 x 100厘米

现藏巴黎奥赛博物馆

收集起来，和他的头一起埋在岛上，并为他举行了隆重的葬礼。据说从此以后斯伯斯小岛人杰地灵，出了许多杰出的诗人和歌手，就连这里的夜莺也叫得比世界上任何地方的同类都哀婉动听。

俄耳甫斯的竖琴被斯伯斯小岛的居民们挂在一座神庙里，后来被宙斯取走，安置在天上的星系中间，这就是天琴座的来历，这个星座中包括一等星织女一。

俄耳甫斯的魂灵飘下冥府，在那里他找到了心爱的欧律狄克，两个人从此永远不再分离，在他们心中冥府却如仙境。

俄耳甫斯和欧律狄克的故事是个悲剧，从中我们可以发现一个道理，那就是尽管有时我们尽一切努力想挽留远离我们生活的人或物，但最终结局却总是无法改变。换句话说，人生没有回头路，无论对谁来说，这都是一个无法改变的定律，所以一定要珍惜自己所能拥有的生活。最后再来说一点延伸出来的内容：在古希腊曾经出现过一个以俄耳甫斯命名的教派，教徒们相信，由于灵魂是雅典娜吹了一口神气所形成的，因此灵魂是神圣的，而躯体只不过是灵魂的监狱。在这一指导思想下，教徒们有着严格的禁欲主义的生活方式，以及强烈追求内心纯洁的信仰。

俄耳甫斯教派在公元前 7 世纪—公元前 6 世纪影响最大，古希腊的哲学家和数学家毕达哥拉斯曾是这一教派的狂热信徒。

第九天

奥德修斯（尤利西斯）的故事

奥德修斯是古希腊一位勇猛善战而又机智过人的武将，就是他识破了阿喀琉斯男扮女装的计策，使他参加了特洛伊大战。他又是赚开特洛伊城的大门，“木马屠城”的策划者。

意识流代表作家詹姆斯•乔伊斯的《尤利西斯》，便是仿效荷马描写奥德修斯的史诗《奥德赛》而作。

第一章　木马屠城

虽然海伦已是有夫之妇，但既然维纳斯发了话，把她作为礼品贿赂帕里斯裁判，红杏出墙是必然的结果。

奥德修斯的故事要从特洛伊战争开始讲起。

我们在前面已经讲过，在珀琉斯和忒提斯的婚礼上，“纠纷女神”厄里斯丢下了一个刻着“给最美丽的女神”的金苹果，结果众女神争得不亦乐乎，经过一番比试，最后只剩下天后赫拉、“智慧女神”雅典娜和“爱与美之神”维纳斯三个候选人。

宙斯不想趟这趟浑水，于是把她们支到特洛伊王子帕里斯那里，让他当裁判。结果帕里斯把金苹果给了维纳斯，作为回报，维纳斯则许诺给帕里斯世界上最美丽的女人。这个女人就是海伦，她是宙斯和丽达的女儿，此时已经嫁给斯巴达国王墨涅拉俄斯，还生了一个女儿，名叫赫耳弥俄萨。

虽然海伦已是有夫之妇，但既然维纳斯发了话，把她作为礼品贿赂帕里斯裁判，红杏出墙是必然的结果。其后不久，帕里斯出使斯巴达，正事没办成，却成功地诱拐了大美女海伦，这个女人被帕里斯的英俊和甜言蜜语迷得晕头转向，抛下老公和家人，不顾一切地和帕里斯私奔了。拐了别人的老婆帕里斯还不知足，临走前他趁墨涅拉俄斯不在国内，带人冲进他的王宫，把金银财宝一抢而空。

墨涅拉俄斯回国后一看人财两空，问明情况后肺都快气炸了，马上找到兄弟阿伽门农商量怎样报仇雪恨。兄弟俩商议之后决定出兵征讨特洛伊，他们首先通知希腊半岛的其他君王，请求他们出兵相助。

这里我们要插一句话：当年海伦成人后，追求者踏破门槛，几乎都是各个国家的国王或者是王子，海伦的父亲挺担心，不敢轻易答应任何一个人，怕其他求婚不成者恼羞成怒。于是伊塔刻的国王，也就是咱们这一天所要讲的主角奥德修斯给他出了个好主意，奥德修斯建议所有求婚者都必须先对神发誓，无论被选中的新郎是谁，大家都不要嫉妒，而且在有需要时大家都要尽心尽力地保护他和他的国家。

帕里斯和海伦的爱情

大卫

1788年

布面油彩

146厘米 x 181厘米

现藏巴黎卢浮宫

因为有这样的约定在先，而且帕里斯的行为激怒了所有希腊人，几乎所有的国王在接到通知时都积极地备战，准备加入联军。只有一个国家的国王不想为了一个不忠的女人开战，他不想因此离开新婚的妻子与尚在襁褓中的儿子，这个人就是奥德修斯。

奥德修斯据说是整个希腊最聪明的人，这回为了逃避战争，更是把左右脑全开动起来，他的计策是装疯卖傻。当墨涅拉俄斯和好朋友帕拉墨得斯来找奥德修斯时，还没开口就有人告诉他们说老奥疯了，精神病院的病床都联系好了。随后两个人跟着这个人到田里找奥德修斯，看看他到底疯到了几级。奥德修斯在地里正忙活得热火朝天，他驾着一头牛和一头驴拉的犁耕田，这样极不匹配的物种组合工作效果可想而知，耕出来的地一边高一边低、一边深一边浅。

这还只是表现精神病的前奏，接下来才是奥德修斯精心设计的重头戏。没耕一会儿地，奥德修斯就把牛和驴停下来了，他要播种。俗话说“种瓜得瓜，种豆得豆”，奥德修斯播的不是瓜种也不是大豆，而是一把把地往地里撒盐。

一看奥德修斯想“种盐”，墨涅拉俄斯叹口气转身想走．帕拉墨得斯伸手拉住了他。帕拉墨得斯能看穿世上所有人的阴谋诡计，奥德修斯的把戏也瞒不了他。他马上派人去把奥德修斯的儿子忒勒玛科斯从摇篮里偷了来，这时奥德修斯又开始耕地了，帕拉墨得斯把他的儿子放在犁前，奥德修斯怕伤了孩子，赶快把犁头抬了起来。“疯子”的计谋就这样彻底被识破了。奥德修斯不得不同意参战，但他对帕拉墨得斯恨之入骨，后来终于找个机会害死了他。

《拉奥孔》这尊雕像曾经遗失了许多年，直到1506年1月4日才又重新被发现，这天意大利人佛列底斯在罗马提图斯皇宫遗址的废墟上种植葡萄时，无意中挖出了这座群雕像。

希腊人和特洛伊人激战了九年，双方都死伤惨重，战争进行到第十年，希腊联军的主将阿喀琉斯和特洛伊的主将赫克托耳都战死了。希腊人全力攻城（我们前面已经讲过，特洛伊城是太阳神阿波罗和海神波塞冬共同筑成的，牢不可固），特洛伊人拼命死守，战争又陷入僵持中。

在这关键时刻，足智多谋的奥德修斯想出了一条妙计。在他的指挥下，希腊人用了三天时间悄悄地制造了一匹巨大的木马，木马里面是空的，可以藏几十个人。

建造特洛伊木马
提埃波罗
1757年
壁画

包括奥德修斯在内，墨涅拉俄斯、埃阿斯、狄俄墨得斯等几十位英雄躲进木马肚内，然后希腊人把他们的帐篷等一把火都烧了，然后大军乘船离开，做出了撤离的样子。

特洛伊人看到希腊军营内火光冲天，战舰也全都离开了岸边，都以为希腊人终于撤军了，于是兴高采烈地冲出城。特洛伊人看到那个大木马时都惊呆了，他们从没见过这么大的木马。就在大家争议该把木马烧掉还是拉入城中时，城里阿波罗神庙的祭司拉奥孔急急忙忙地跑来了，他试图拦阻大家把木马拖进城去，然而神已经决定要毁灭特洛伊，谁也无法改变这个结局。

为了惩罚拉奥孔，雅典娜派了两条巨蟒把拉奥孔和他的两个儿子全部咬死了。

拉奥孔和他的儿子们
格列柯（西班牙）
1614年
布面油彩
142厘米 x 193厘米
现藏华盛顿国立美术馆

拉奥孔之死一向是古罗马文学家和雕塑家喜爱的题材，下面这组群雕就是其中最为优秀的作品之一，作者是罗得岛的雕塑家阿格桑德罗斯（Agesandros）和他的儿子波利多罗斯（Ploydoros）以及阿塔诺多罗斯（Athanodoros）。

拉奥孔
阿格桑德罗斯等（古希腊）
约公元前1世纪
高约184厘米
现藏罗马梵帝冈美术馆

这尊雕像曾经遗失了许多年，直到1506年1月4日才又重新被发现，这天意大利人佛列底斯在罗马提图斯皇宫遗址的废墟上种植葡萄时，无意中挖出了一座群雕像，后来被罗马教皇尤利乌斯二世收购，存放于梵蒂冈伯尔维多宫。教皇的总建筑师桑加罗鉴定后认定这是当年提图斯皇宫最杰出的藏品之一《拉奥孔》。

1773年，法国画家罗贝尔曾经以这个事件为主题创作过一幅作品《拉奥孔的发现》，就是下面这一幅。

拉奥孔的发现
于贝尔•罗贝尔
1773年
布面油彩
120厘米 x 163厘米
现藏弗吉尼亚美术馆

拉奥孔死了，特洛伊人开始想办法把木马拖进城里去，这时又出现一个阻挡者——特洛伊的公主卡珊德拉。我们在阿波罗的故事中讲到过，阿波罗爱上了卡珊德拉，赋予了她预言的能力，因为卡珊德拉最终把阿波罗给甩了，恼羞成怒的阿波罗给她附加了条约定，那就是没有一个人相信她所说的话。

特洛伊人根本不理睬卡珊德拉的警告，最终给木马装了轮子，然后把城墙拆掉了一大块，终于把这匹大木马给弄进了城。当天晚上，特洛伊人欢庆胜利，几乎所有人都喝得酩酊大醉。到了半夜，木马中的希腊猛将悄悄地溜出来，城外的希腊军队悄悄地摸进来，特洛伊城在战火中毁灭了。

木马计
提埃波罗
1757年
壁画

特洛伊大战的导火索海伦终于被自己的前任老公墨涅拉俄斯找到了，他拔出剑来要杀这个不要脸的女人，然而一看到海伦那张美丽绝伦的脸，墨涅拉俄斯实在下不了手，把海伦带回国继续做他的王后。

被人戴了绿帽子的屈辱，十年的苦战，无数人的伤亡，在海伦的美丽面前都变得那么无所谓！

海伦到底能美到什么程度？那年月没照片没录影带咱们没法看到，只能从当年人们的反映中去想象。根据《荷马史诗》的描述，有一次特洛伊的元老院开会，白发苍苍的元老们都觉得为一个女人打十年仗不值得，然而就在这时海伦出现在了他们面前。当时的情况是一看到海伦，在场的所有人全部目瞪口呆，元老们立即改口说，这仗一定要打下去，就算再打十年也应该！

下面这幅图描绘的就是在赫克托耳的训斥下，沉迷于温柔乡的帕里斯准备参战，后面的那位美人儿就是海伦。

帕里斯在赫克托耳训斥下准备上战场

第二章 马三立“逗你玩”的希腊版本

波吕斐摩斯一听外援到了，他想起了奥德修斯说过他叫“没有人”，马上叫着说：“是‘没有人’伤害了我，‘没有人’攻击我！”洞外的巨人们听了这话更火了，七嘴八舌地骂道：“你这个讨厌的家伙，既然没有人伤害你，没有人攻击你，你这么鬼叫什么！”

大家都听过马三立先生的经典相声段子“逗你玩”，说的是一个小偷到一户人家院里偷东西，结果被这家的孩子发现了，这小偷特“贼”，被发现了还贼心不死，他欺负小孩不懂事，告诉他说自己叫“逗你玩”，然后就当着小孩面开始拿东西。

一看这人拿自己家衣服，小孩子急了，大声冲屋里叫：“妈妈，妈妈，有人拿咱们家衣服！”他妈在屋里问：“是谁呀？”小孩说：“是‘逗你玩’。”他妈一听“逗你玩”，以为是儿子逗她玩，就没理他。

一会儿小偷拿完衣服又开始偷被面了，小孩子又叫：“妈妈，妈妈，有人拿咱们家被子！”估计他妈在屋里忙得很，没工夫出来看，又问一句：“是谁呀？”小孩还是回答说：“是‘逗你玩’！”他妈一听又以为是儿子耍贫，骂了一句又不理他了。

就这么“逗”来“逗”去，这家的东西差不多都“逗”到小偷家去了。

在希腊神话中，有一个故事和“逗你玩”非常相似，故事的主人翁是奥德修斯和独眼巨人。话说特洛伊战争结束后，奥德修斯和他的伙伴们兴冲冲踏上回家的路途，他们无论如何也不会想到，这次旅程竟然和打了十年的战争一样长！奥德修斯的船队历经种种险境，而最终只有他一个人回到自己的国家，其他人都死在路上。

奥德修斯最早到的国家中有一个“忘忧国”，他派三个水手去了解这个国家的情况。这三个人受到忘忧国民的热烈欢迎，还吃了当地的特产——忘忧果，结果他们彻底把自己的家乡遗忘，只想留在忘忧国过那种无忧无虑的生活。奥德修斯派人把他们强行拖回来，绑在船上的凳子上，船队继续起航。

很快他们到了一个叫做“库克罗普斯”的岛国，岛上生活着巨人族，他们都只有一只眼睛，长在脑门正中央。巨人们住在洞穴里，吃岛上的野生动植物，他们唯一的经营项目是放羊。奥德修斯让自己的船队在海上抛锚等待，他和十二个随从乘着一艘小船上了岛，希望能找到些补给之物。登陆之后，他们扛着一坛美酒作为礼物，来到一个大洞穴中，奥德修斯发现洞中空无一人，却有着无数的山羊绵羊，一桶桶的羊奶和许多的奶制品摆放得到处都是。

不一会儿，洞主人放牧回来了，他是一个叫“波吕斐摩斯”的巨人。巨人把一群羊赶进了山洞，然后用一块巨石堵住了洞口，这块石头恐怕要上百个人才能推得动。巨人“关”好门后，坐下来准备挤羊奶，这时他“一眼”就看到了奥德修斯和他的随从们，于是咆哮着问他们是干什么的，为什么来到他的洞穴。

奥德修斯恭恭敬敬地把自个儿的经历说了一遍，告诉巨人自己是希腊人，刚刚经历过一场恶战，现在正在回家的路上，船上的东西吃完了，希望能得到些物资补给。奥德修斯说完，只见巨人唯一的那只大眼睛转来转去，却一句话也不说，忽然可怕的事情发生了：巨人伸出大手抓住奥德修斯的两个随从，狠狠地摔在岩石上，这两个人立刻脑浆迸裂骨断筋折，巨人把他们从地上捡起来，就这么血淋淋地狼吞虎咽起来。

这突如其来的恐怖一幕把奥德修斯他们都惊呆了，大家四处奔逃，寻找能藏身的地方，巨人也不理睬，吃饱了倒头就在地上睡着了。奥德修斯和随从们慢慢聚拢起来，大家伙儿仍然心惊胆战。又等了一会儿，看看巨人睡熟了，大家也渐渐平静下来，奥德修斯准备用自己的剑杀死巨人。然而等他把剑在巨人旁边比划了一下之后，他立刻决定终止这项“自不量力”的暗杀行动。而且还有一个关键问题，就算把巨人杀死了，就这么几个人，大家也无法推开那块堵门的大石头。

一夜就在紧张和思考中度过。第二天一早巨人醒来了，又像昨天一样吃了两个人当早餐，然后赶着羊群出去放牧，临走前用巨石把门挡得严严实实。巨人走了之后，奥德修斯一伙人开始按照昨天商定的计划行动，巨人洞中有一根像桅杆一样长的橄榄树枝，大家用剑把它的一头削尖了，然后放在火上烘干变硬准备用作武器，趁独眼巨人睡觉时把这根尖木头刺入他的眼睛。

奥德修斯小心地把这根尖木头藏到了羊粪堆中，然后决定抓阄挑选四个人，和自己一起来执行这个危险而艰难的任务。最后四个最勇敢的人抓中了阄，这也正是奥德修斯想要的结果。

晚上，巨人赶着羊群回来了，他坐下来随手又抓了两个人摔死了当晚餐。就在巨人一边喝着羊奶，一边连骨头带肉大嚼时，奥德修斯端着碗酒过来了，他对巨人说："库克罗普斯人啊，羊奶有什么好喝的，吃人肉应该配上美酒。这桶酒本来是我们带来送给你的，在我们的船上还有很多，如果你放了我们，我会把它们全都送给你。我们到这里来是完全没有恶意的，而你却这样残忍，你这样对待朋友，以后还有谁敢再来拜访你？如果你还有一点儿怜悯之心的话，请放了我们吧！"

巨人接过酒来喝了一口，连连点头说："不错不错，再给我一点儿。你这个人看来还不错，我要把你当成客人，给你特别的关照，我要送你一件礼物。不过你应该先知道站在你面前的是谁，告诉你吧，我的名字是波吕斐摩斯。"

听了巨人的话，奥德修斯仿佛看到了一线希望，赶忙又给他倒了几杯酒，想让他更加高兴一些，没想到巨人接下来的一句话又让他再次陷入绝望，他说："朋友，我要送你一件礼物，那就是我吃光你所有伙伴之后，最后一个再吃你。这份礼物你应该很满意吧？告诉你叫什么名字？"

奥德修斯一看根本不可能指望巨人放了自己一伙人，今晚还是要照原计划行动。他又劝着巨人喝了些酒，看他有点儿迷糊了，大声告诉他说：“巨人，我的名字很奇怪，你记住了，我叫‘没有人’，你要遵守自己的誓言，给我特别关照。”

巨人含混地答应着睡着了。奥德修斯和他的四个伙伴迅速跳起身来，抬过那根尖木，把削尖的那头放在火里烧到滚烫，然后五个人一齐发力把木头深深地捅进了巨人的眼睛，并且像钻孔一样旋转了几圈。巨人的头发和眉毛都被这根滚烫的木头烧焦了，鲜血从他那只受伤的眼睛里喷涌出来，遇到温度极高的木头不停地发出呲呲的声音，就像是把烧红的铁块浸到冷水里一样。

巨人痛苦地大叫着，整个洞穴都像要被震塌了，奥德修斯和他的伙伴们由于激动和恐惧而发抖，纷纷逃到洞穴的最深处躲藏起来。巨人狂吼着把木头从眼睛里拔出来扔在地上，鲜血像泉水般从受伤的眼睛里直喷出来，他像疯了一样挥着手四处乱打。

这时，听到波吕斐摩斯的惨叫，其他的巨人不知道怎么回事，都来到他的洞穴外。巨人们本来就不喜欢这个讨厌的家伙，半夜三更睡得正香时被他吵醒更是怒气冲冲，大家站在洞外纷纷指责还在大叫的波吕斐摩斯：“你想干什么，波吕斐摩斯？还让不让人睡觉了？你叫得这么大声，是有人要赶走你的羊群还是有人伤害了你？”

波吕斐摩斯一听外援到了，他想起了奥德修斯说过他叫“没有人”，马上叫着说：“是‘没有人’伤害了我，‘没有人’攻击我！”洞外的巨人们听了这话更火了，七嘴八舌地骂道：“你这个讨厌的家伙，既然没有人伤害你，没有人攻击你，你这么鬼叫什么！你大概是发疯了，这是神要惩罚你，我们也没办法。”

巨人们散去了，成了瞎子的波吕斐摩斯仍然痛苦地叫个不停，在洞中踉跄着四处寻找伤害他的“没有人”。波吕斐摩斯摸了半天一个人也没找到，他坐在地上呼呼直喘，休息之后他决定改变寻人的方法。巨人摸索着走到洞口，把堵门的那块巨石搬开，自己坐在门口，伸出双手不断摸着，希望能抓住那些想逃出去的人。

奥德修斯是个非常聪明的人，要对付一个瞎了眼的巨人轻而易举，他很快想出了办法。奥德修斯让伙伴们用波吕斐摩斯铺床的柳条把羊绑在一起，每三只一组，在中间那只羊身下绑上一个人。等到伙伴们都绑好了，奥德修斯把事先挑选好的一只最强壮的山羊牵过来，自己贴在它的肚子下面，用手紧紧抓住羊毛。

这时天已经慢慢亮了，羊群看到亮光都往外洞外走，波吕斐摩斯堵在洞口细心地用手摸着每一只山羊的背，想知道上面是不是想逃出去的人，他却没想到“没有人”藏在羊肚子下面。很快全部人都顺利出了洞穴。奥德修斯的那只羊走在最后，波吕斐摩斯虽然吃人不眨眼，对他的羊倒是挺有感情，他用手抚摸着这只领头羊的背，对它说道：“你是我最喜爱的一只羊，为什么最后一个出来？每次你都是走在最前面啊。你一定在为主人被弄瞎的眼睛感到难过，要是你会说话，告诉我那个可恶的‘没有人’在哪里，我一定要把他摔得脑浆四溅。”

波吕斐摩斯一边说着一边让羊出了山洞。眼看着就要逃离险境了，奥德修斯和他的伙伴们更加小心翼翼，不发出一点儿声音，一直走到离山洞很远，奥德修斯才从羊肚子上下来，然后把伙伴们一个个解下来，这时已经只剩下七个人了。

一个叫做忒勒摩斯的预言家来到西西里岛的海岸边，他向波吕斐摩斯预言：“你额上这只唯一的眼睛将被奥德修斯挖掉。” 波吕斐摩斯听了后大笑说：“你是最愚蠢的预言家，你在胡扯！已经有一个女人占有了我这只眼睛。”

奥德修斯和伙伴们赶着波吕斐摩斯的羊回到自己的船上。当初留在船上的人早已经等得绝望，奥德修斯的突然出现让他们欣喜若狂，大家都恍如隔世，一个个泪流满面。

奥德修斯吩咐伙伴们立刻起航，快点儿离开这个危险的地方。船只驶离海岸很远一段距离后，奥德修斯站在船头高声喊道：“巨人，听着，我就是弄瞎你眼睛的‘没有人’，这是神对你的惩罚。现在我要走了，告诉你我真实的名字吧，我叫奥德修斯。”

岛上的波吕斐摩斯听到了奥德修斯挑衅的言语，他气得暴跳如雷，从山上撕扯下一块岩石，朝着声音传来的方向狠狠地掷去。这个巨人力大无穷，岩石差一点儿砸到奥德修斯的船，最后扑通一声落到船头前方，激起的巨大的浪花把船又推向岸边。船上的人们吓坏了，竭尽全力地拼命划桨，把船再次划离海岸，这回一直到差不多比刚才远两倍的距离，估计巨人扔不了那么远，奥德修斯才停下手来，又站到船头准备喊话。

船上的人们个个都精疲力竭，大家劝奥德修斯别再惹事了，安全离开最重要，不过奥德修斯还不解恨，再次喊道：“巨人，听清楚，如果有人问你谁弄瞎了你的眼睛，告诉他们是特洛伊的征服者，伊塔刻的国王奥德修斯。”

巨人这时忽然想起了什么，他大叫道：“奥德修斯？天哪，那个古老的预言竟然在我身上应验了！”

波吕斐摩斯所说的“古老的预言”背后还有段故事。美丽的海中神女迦拉蒂亚爱上了浮怒斯与水泽神女的儿子阿喀斯，阿喀斯也爱她。而我们说到的这位独眼巨人波吕斐摩斯也是迦拉蒂亚的追求者之一，有一次他恰好看到迦拉蒂亚从蔚蓝色的大海中浮出来，结果“一眼”就看中了这位美女。巨人心中燃烧起了爱情的火焰，从此以后他再也无心放羊，全部精力都用在追女仔上。为了给女孩子留下好印象，这位粗野的巨人甚至开始注意起衣着打扮，他用十字镐蘸着海水梳理自己的头发，用镰刀割掉了乱蓬蓬的胡须。

就在波吕斐摩斯精心设计自己的个人形象时，一个叫做忒勒摩斯的预言家来到西西里岛的海岸边，他向波吕斐摩斯预言：“你额上这只唯一的眼睛将被奥德修斯挖掉。”

波吕斐摩斯听了后大笑说：“你是最愚蠢的预言家，你在胡扯！已经有一个女人占有了我这只眼睛。”

巨人爱你没商量，不管别人愿不愿意，反正“我的眼里只有你”，他决定向迦拉蒂亚求婚。迦拉蒂亚心有所属，对巨人根本没兴趣，一看到他就潜到海底，波吕斐摩斯又伤心又恼火。一天，波吕斐摩斯正在一座常来的小山上向海里眺望，希望能发现迦拉蒂亚的影子，他一边四处张望，一边无聊地吹着芦笛。波吕斐摩斯的笛声和阿波罗、赫耳墨斯等高手没法儿比，芦笛尖厉刺耳的声音在海面飘荡，简直是一种噪声。

迦拉蒂亚和阿喀斯正在海岩边幽会。听到波吕斐摩斯的笛声，两个人惊慌失措，马上站起身想躲藏起来。但就在这时，巨人已经发现了他们。一看梦中情人在和别人谈情说爱，爱恨交织在一起的波吕斐摩斯妒火中烧，他大声吼叫着追了过来，要把两个人打死。

迦拉蒂亚吓坏了，她迅速跑到岸边一头扎进了大海。阿喀斯不是海神，没法儿“海遁”，只得沿着岸边逃命，巨人跟在他后面猛追。阿喀斯眼看危在旦夕，他朝大海伸出双手叫道：“迦拉蒂亚，救救我！父亲母亲，救救我吧！把我藏起来吧。”然而一切都晚了，暴怒的巨人撕下一大块山岩，挥手砸向阿喀斯，虽然只有一点点边缘擦到阿喀斯的身体，但已足以把他压死。

阿喀斯死了，他流淌出来的鲜血逐渐变得清澈透明，最后形成了一条河。据说这条河现在还在流淌，阿喀斯就是这条河的河神。

听到“奥德修斯”这个名字，波吕斐摩斯想起了过去的故事和忒勒摩斯的预言，他拍着大腿号叫道：“我一直以为奥德修斯一定是个像我一样高大的家伙，他要弄瞎我的眼睛也是在战场上，没想到却是个一肚子坏水的懦夫，居然用酒将我灌醉后刺瞎了我的眼。波塞冬啊，伟大的海神，如果你真是我的父亲，请你惩罚这个卑鄙的人，不要让他回到故乡。即使他能回到故乡，也要让他失去所有的同伴，受尽各种各样的折磨；即使他回到家里，也让他在家里遭受不幸和痛苦。”

巨人的祷告最终应验了，奥德修斯的伙伴们在归途中都死光了，他历尽艰难才回到故乡，又遇到了一系列的问题。

独眼巨人

雷东

1900年

木板油彩

65厘米 x 51厘米

现藏荷兰克罗勒•缪勒美术馆

第三章　喜欢把人变成猪的喀耳刻

喀耳刻立即拿起魔杖，把奥德修斯的那群“猪友”从圈里赶了出来。虽然仅仅一天一夜，但他们已经颇具猪形，个个看上去都像“陈年老猪”！

喀耳刻是太阳神和海神的女儿珀耳塞所生，她是埃厄忒斯国王的妹妹，在埃埃厄海岛上有一座“豪宅”，坐落在绿阴遮蔽的山谷里。

喀耳刻被称为“魔法女神”，她最喜欢的魔法是“大变活人”，不过喀耳刻从来不玩把人变没有的把戏，她热衷的是把人变成狮虎狼豹等各种动物，而她变

喀耳刻的宫殿
怀特•巴克
1900年
布面油彩

得最多的就是猪。

当欧律罗科斯带着22个人走进喀耳刻的宫殿时，他们惊讶地发现，狮子满地乱跑，野狼成群结队，简直像到了野生动物园。一看到有人来了，野兽们立刻围了过来，欧律罗科斯他们吓得魂飞魄散，奇怪的是这些猛兽没有扑上来，却表现得相当温驯，一个个像哈巴狗一样摇着尾巴示好。后来欧律罗科斯才知道，其实这些野兽都是人，因为被喀耳刻施了魔法才变成了畜生。

这时喀耳刻出来了，看到院中这么多人，她很高兴，热情地招呼大家到屋里吃点儿东西。不知道什么原因，大家伙儿仿佛忘掉了以前经历的种种险境，除了一向谨慎小心的欧律罗科斯外，其他人都跟着喀耳刻进去了。进了屋子，喀耳刻马上吩咐侍女们拿出美食，船员们坐在舒适的椅子上兴高采烈地吃着乳酪点心，喝着美酒、蜂蜜。

喀耳刻一直在旁边微笑着看大家吃喝。过了一会儿，她可能觉得差不多了，站起身来说道："好了，你们这群猪也吃饱喝足了，那就赶紧进圈吧！"始终提心吊胆地站在外面的欧律罗科斯惊恐地发现厄运真的出现了，他的伙伴们立刻长出了长毛，变成一头头的公猪，并且发出猪的叫声。原来喀耳刻早在食物中加入了魔粉，凡是吃了的人都会变成猪，再不会想着回家。喀耳刻挥着魔棒把这些猪精赶进了猪圈，这回没有乳酪给他们吃了，顺手扔了些"猪饲料"，野果、橡实滚得满地都是。

欧律罗科斯把这一切都看在眼里，他撒开两腿像风一样地跑回船上，哆哆嗦嗦地把这一切都告诉了奥德修斯。奥德修斯马上拔剑在手，让他带自己上岛去救人，然而欧律罗科斯吓破了胆，死活也不愿再回去。于是奥德修斯决定孤身前往。

奥德修斯上了岛，小心翼翼地走向喀耳刻的宫殿。在路上，他遇到了一个手持蛇杖的年轻人，奥德修斯立刻认出他是神使赫耳墨斯，就恳请他助自己一臂之力。赫耳墨斯从地上拔起一株开着白花、长着黑根的野草，告诉奥德修斯说这是一种有魔力的草，只要带上它，喀耳刻就不能伤害他，也不能将他变成猪，这样就可以乘机制服她，然后逼着她发誓不再伤害自己，并且解除施在伙伴们身上的魔法。

对中医有点了解的人都听说过这样一件事情，那就是在毒蛇出没的地方，附近一定会有专治蛇毒的草药生长。赫耳墨斯再次验证这万物相生相克的道理，在喀耳刻的宫殿外面找到了克制她的魔法的灵药。

赫耳墨斯说完就离开了，有了护身符的奥德修斯更加无惧地闯进喀耳刻的宫殿，喀耳刻不知道奥德修斯是她的克星，在她看来，只不过是又进来了一只猪！

喀耳刻仍然是热情接待，她在一只金碗内调好了毒酒，还没等奥德修斯把酒喝完，就迫不及待地用魔杖点着他说："好了好了，到猪圈里去找你的朋友吧！"没想到奥德修斯不仅没变形，反而抽出明晃晃的宝剑，一下架在她的脖子上。

喀耳刻向奥德修斯敬酒

沃特豪斯

1897年

布面油彩

149厘米 x 92厘米

现藏英国奥德罕姆美术馆

说起来这个喀耳刻也没多大妖，一看魔法失灵，她惊叫一声倒在地上，伸出双手抱住奥德修斯的双膝，哀求道："别杀我！伟大的人，告诉我你是谁？从来没有人能够抵抗我的魔力，为什么我的魔法对你却没有用？难道你就是奥德修斯？许多年前，赫耳墨斯向我预言，说你从特洛伊回国时一定会经过这里。如果你真的是奥德修斯，就请收起宝剑，让我们成为朋友吧！"

奥德修斯牢记赫耳墨斯的嘱咐，他并没有放下宝剑，他说："喀耳刻，你把我的随从骗进宫殿，用魔法将他们变成猪，我不可能做你的朋友，除非你发誓，保证不伤害我，并且放了他们。"喀耳刻像他要求的那样发了誓，但是要到第二天早上才能把猪变成人，奥德修斯总算放了心，就在喀耳刻的宫殿里安安稳稳、舒舒服服地睡了一夜。

第二天清晨，喀耳刻的四个侍女服侍奥德修斯沐浴更衣。喀耳刻早就安排好了丰盛的早餐，但奥德修斯哪儿有心思吃饭，他请喀耳刻赶快把他的朋友们变回人形。喀耳刻立即拿起魔杖，把奥德修斯的那群"猪友"从圈里赶了出来。虽然仅仅一天一夜，但他们已经颇具猪形，个个看上去都像"陈年老猪"！

猪们还认识奥德修斯，看到他就像看到救星一样，嗷嗷地叫着扑过来。喀耳刻把解药涂抹在他们身上，很快猪毛就掉得一干二净，他们又变成了人，而且这帮家伙因祸得福，一个个看起来好像比以前还更年轻、更英俊。

喀耳刻特别交代，行程中要留意一个叫做斯库拉的怪物。奥德修斯不知道，其实这个斯库拉也是喀耳刻"大变活人"的"作品"之一。

在喀耳刻的盛情邀请下，奥德修斯和他的朋友们在这个岛上快快乐乐地住了整整一年才启程回乡，有的故事说奥德修斯和喀耳刻住在一起，不过他们并没有孩子。在这一年舒适无比的日子里，奥德修斯了解到不少喀耳刻的故事：喀耳刻原来有个丈夫，因为爱上别的女人，被她施法变成了啄木鸟，从此她就上了瘾，动不动就把人变成动物。

奥德修斯终于要走了，喀耳刻有点儿恋恋不舍，但还是详细地告诉了他应该怎么样才能顺利回家，喀耳刻特别交代，行程中要留意一个叫做斯库拉的怪物。奥德修斯不知道，其实这个斯库拉也是喀耳刻"大变活人"的"作品"之一。

故事要从海神格劳科斯说起。他原本是一个普通的渔夫，住在玻俄提亚，以打鱼为生。一天，格劳科斯在岸边看到一条快死的鱼，它挣扎着吃了长在岸边的一棵青草，立刻变得精神百倍，摇头摆尾游走了。格劳科斯觉得十分奇怪，他认定这种草一定有滋补保健作用，于是也吃了一株，结果成了永生不死的神。格劳科斯后来才知道，这草可不是一般的“天然保健品”，而是宙斯的爹克洛诺斯当年播下的一种神草，凡人吃了就会变成神仙。

格劳科斯是渔民出身，他深知人们在变幻莫测的海上的危险，于是成了玻俄提亚地区渔民和航海者的保护神，另兼“气象预报员”。格劳科斯经常在希腊的海岸与岛屿巡视，及时向人们发布“海浪预报”。传说格劳科斯后来参加伊阿宋远征取金羊毛的队伍，在航程中起了相当大的作用。

一天，格劳科斯无意中看到美丽的海仙斯库拉在泉水中沐浴，海仙的美貌立刻深深打动了他的心，于是格劳科斯就向斯库拉求婚。然而斯库拉却嫌他长得不好，说起来格劳科斯长得确实没个“人样儿”：他的上半身是人，嘴巴上留着长须，发长过肩，看起来像一位老人；而下半身却是鱼，没有双腿，只长了一条尾巴。

“美人鱼”长成这样还挺好看的，可“老头鱼”就差点儿，貌美如花的斯库拉没兴趣。

格劳科斯还不死心，他决定从斯库拉的朋友圈下手拉关系。经过一番打听，格劳科斯了解到斯库拉有个最好的朋友，就是我们上面所说的喀耳刻。格劳科斯千方百计找到了她，说明来意，请她代为做媒。

没想到喀耳刻不想当“媒婆”，想当“老婆”！喀耳刻最拿手的是把人变成动物，“怪物”她见得太多了，她对“鱼人”格劳科斯没有任何体形上的障碍，反而是一见钟情，当场就向他表白情感。

“情”这玩意儿就是没法儿说清，格劳科斯不喜欢变魔术的喀耳刻，依然对斯库拉情有独钟。喀耳刻既失望又觉得没面子，于是“恨屋及乌”，这位“重色轻友”的“魔术师”决定彻底毁掉斯库拉的美貌。这天斯库拉又在沐浴了，喀耳刻将一种药水偷偷放入水中，毒汁很快渗入斯库拉体内，她立刻痛苦万分地感到了身体的变化，美丽的斯库拉被喀耳刻变成了“异形”，她生出了六个头，分别长在六条细长的脖子上，每个头上有一张大嘴，嘴里长着三排利齿；斯库拉的喉咙也变得干涩，银铃般的声音永远听不到了，她叫出来的声音如同犬吠，非常难听。

转眼间由绝色美女变成了“绝对怪物”，从此以后斯库拉再不敢在光天化日下露面，她跑到意大利和西西里之间的偏僻海湾里，独自住在著名的卡吕布狄斯大漩涡对面的一个山洞中，以海中的动物为食。

斯库拉的性情也从此大变，她变得非常残忍，偶尔有船只从她躲藏的地方经过，她就会冷不防地伸出脑袋来吃人。奥德修斯虽然早就得到喀耳刻的提醒，可还是没能顺利通过斯库拉这一关，他的六个伙伴被斯库拉的六张巨嘴叼了去。

第四章　塞壬女仙：别人唱歌要钱，她们唱歌要命！

外表娇娇嫩嫩、唱歌缠缠绵绵的塞壬女仙们杀人不见血，别人唱歌要钱，她们唱歌要命！

告别喀耳刻后，在归程中奥德修斯他们到了一个美丽的海岛，岛上住着一群被称为“塞壬女仙”的仙女，她们长得非常漂亮，歌声更是无比动听，任何一个听过她们歌声的人都会着迷。

塞壬女仙们生活的这个小岛怎么看都像个世外桃源，唯一的遗憾是，外表娇娇嫩嫩、唱歌缠缠绵绵的塞壬女仙杀人不见血，别人唱歌要钱，她们唱歌要命！这些“歌女”经常打扮得漂漂亮亮，坐在海边眺望，只要看到有经过此地的旅人就唱起迷人的歌曲，凡是听到她们歌声的人都会被吸引过来，那就必死无疑，因此小岛附近的海岸上满是“歌迷”们的白骨。

现在奥德修斯的船只到了塞壬女仙们的海岛，海面上风平浪静，海风轻轻地吹着，水面上波光粼粼，船员们卷起了船帆，慢慢地划着桨，享受着这难得的安宁。这时奥德修斯忽然想起了喜欢把人变成猪开养猪场的喀耳刻告诉他的一段话：“你们经过塞壬女仙居住的海岛时一定要留神，不要被宁静的表面迷惑，你们要用蜡把自己的耳朵堵起来，千万不要去听塞壬女仙们的歌声，”

一想到这个天大的危险就在身边而大家还不知道，奥德修斯吓出了一身冷汗，不过同时他心中忽然升起个奇怪的想法，塞壬女仙们的歌声到底有多么动听？真的像传说中那么有诱惑力吗？这个念头一旦产生，奥德修斯再也无法抑制住自己的好奇心，他下定决定要亲耳听一听。

奥德修斯马上叫伙伴们停下划桨的手，简单地把塞壬女仙的事情跟他们说了说，然后他割下一大块蜡来，用手揉软了，撕成一条条，每个人分了两条。奥德修斯告诉伙伴们等一会儿把耳朵用蜡封起来，至于他自己，要冒险听听塞壬女仙们的“演唱会”，不过为了保险起见，他要求大家先把自己牢牢地捆在桅杆上。

惊恐的船员们先把蜡条塞进自己的耳朵里，然后把好奇心特重的奥德修斯牢牢捆在桅杆上，双手双脚都绑得死死的。船继续开航了，离海岛越来越近，船员们的心都在怦怦乱跳，高处的奥德修斯首先发现了岛上打扮得像妩媚少女一般的塞壬女仙，这时她们的歌声也唱响了。

奥德修斯认为自己有“抵抗力，好身体”，但他实在高估了自己的抵抗力，也低估了塞壬女仙们歌声的魅力。从听到第一个音符开始，奥德修斯就一下成了个超级音乐发烧友，此时此刻他只要听歌，哪怕是死也无所谓。心醉神迷的奥德修斯完全迷失了自己，他极力想挣脱捆住他的绳子，几番尝试发现没用后，他用命令、请求、威胁、哭嚎等各种手段逼迫伙伴们把他放下来。

看看船员们一点儿反应没有，奥德修斯又拼命点头，并且做出各种表情示意把他放下来，终于有两个船员走了过来，不过不是来放人的，而是按照奥德修斯事先的命令，把他捆得更紧。

奥德修斯和塞壬女仙

沃特豪斯

耳朵里塞满了蜡的船员们听不见塞壬女仙销魂蚀骨的歌声，他们只是更快地划船，希望尽快离开这个险境。而被歌声诱惑的奥德修斯始终不停地在桅杆上挣扎着，拼命想摆脱束缚，他哭泣着哀求伙伴们，请他们想一想大家过去一起经历的各种苦难，想一想他们彼此间的友谊和感情。以情动人的同时，奥德修斯还不停地给以物质刺激，他许诺给伙伴们的黄金简直可以堆成一座山。

奥德修斯声嘶力竭的哭喊其实全是白废，耳朵里塞满了蜡条的船员们根本听不到一丁点儿，大家心无旁骛，齐心协力一直把船划出了百余里。直到看见桅杆上的奥德修斯安静下来，估计已经听不到塞壬女仙的歌声了，船员们才停手，纷纷把耳朵里的蜡条取出来。塞壬女仙们第一次失了手。

奥德修斯浑身大汗地被放了下来，他软绵绵地躺在船舨上，看上去简直要虚脱了，他这一通声嘶力竭的折腾比划船的还累！

人们可以从塞壬女仙的故事中得到一些提示：很多时候诱惑比危险更可怕，不知不觉中就会让人沉迷其中，不能自拔，最终迷失方向，最好的办法是远离它们，千万不要因为一时的好奇而轻易去尝试。

奥德修斯与塞壬女仙

沃特豪斯

1891年

布面油彩

100厘米 x 202厘米

现藏澳大利亚

当年阿耳戈号的英雄们在得到金羊毛后的归程中也曾遇到过塞壬女仙，对着他们唱着销魂的歌儿，幸亏船上也有位音乐高手——阿波罗的儿子俄耳甫斯，他立刻弹响了七弦琴，盖过塞壬女仙们的歌声。不过来自雅典的忒勒翁的儿子波忒斯还是听到了那么一耳朵，就这么一声他便抵制不了诱惑，丢下船桨跳入大海，去追逐那令人销魂的歌声。还好维纳斯及时出手把他从水中拉回岸边，从此以后他就住在那里。阿耳戈号的英雄们都以为他已葬身鱼腹，很是为他伤心。

顺便提一句：关于塞壬女仙们的长相有很多种说法，有的说她们和人间漂亮的小姑娘一样，有的说她们一半像鸟一半像女人，就像上面这幅画中所画。还有的说她们一半像鱼一半像女人，下面这幅就是“人鱼小姐”版的塞壬女仙。

塞壬女仙
沃特豪斯

安徒生的童话《海的女儿》讲的就是漂亮的美人鱼的故事，美丽的人鱼公主和父亲、祖母以及姐妹们住在深海里，过着无忧无虑的生活。据说人鱼们可以快乐地在海底度过三百年的岁月，而只有到了15岁才能浮上海面。

人鱼公主在15岁生日时初次浮上海面就看到并爱上了一位英俊的王子，从此她的生活追求就只剩下了变形，她渴望变成人形，去找她的王子。人鱼公主找到了巫婆，巫婆告诉她可以用她悦耳的声音来换取一双美丽的人腿。

喝下巫婆的药水，人鱼公主惊喜地发现自己的那双鱼尾变成了两条漂亮的人腿。人鱼公主终于见到了王子，但她已经说不出话来，无法表达自己的情感。由于阴差阳错的关系，王子爱上了邻国的公主，可是人鱼公主如果不能和王子结婚，就会变成泡沫。

在王子的婚礼上，美丽的人鱼公主翩翩起舞，却没有人知道她背后忍受着如同走在利刃上的痛苦，还有更加痛苦的内心。王子带着新娘乘船度蜜月，月光下，人鱼公主在偷偷哭泣，因为天亮时她就要变成泡沫，消失得无影无踪。

月光下的海妖

保罗•德沃尔

人鱼公主的姐姐们用她们美丽的长发向巫婆换来了尖刀，告诉妹妹只要在天亮前把它刺进王子的胸膛，她就能再回去做海的女儿，回到深蓝的海底去和父亲、祖母及姐姐们快乐地生活在一起。善良而痴情的小人鱼放弃了这最后的机会，丢了利刀，投入大海，化作泡沫……

第五章　珀涅罗珀织物

“珀涅罗珀织物”早已经变成了一个常用词，比喻一些永远在做，却又永远做不完的事情。

特洛伊战争打了十年，奥德修斯回乡又走了整整十年，当他再次踏上故乡的土地时，已经是20年之后。

20年时间已经足以让许多东西彻底改变，奥德修斯发现自己的国家是那么地陌生：他的母亲因为过于思念儿子早就去世了；他的王宫已经被别人占据，这些人趾高气扬地发号施令，似乎他们是这里的主人，自己的财产被这些人挥霍一空；他从前喂养的一只强健的猎狗已经老得站不起来，它认出了主人，可惜只惊喜地看了他一眼就死去了。

最让奥德修斯惊讶的是自己的家居然像个“大型婚介所”，住了一百多个求婚者，他们求婚的对象都是自己的妻子珀涅罗珀。

珀涅罗珀本是斯巴达王子伊卡里俄斯的女儿，当地的第一美女，待字闺中的时候求婚者踏破门槛，最后刚刚当上伊塔刻岛国王奥德修斯战胜所有的竞争者赢得了珀涅罗珀的芳心，和她结了婚。不过他们的婚姻还是出现了一段小插曲：当珀涅罗珀准备跟着奥德修斯到他的国家去时，伊卡里俄斯一想到要同女儿分开就有些受不了，他竭力劝她留在自己身边，而不要陪她丈夫去伊塔刻。

奥德修斯知道后，决定让珀涅罗珀自己做主，珀涅罗珀左右为难，她一言未发，只是把面纱放下来将脸蒙住了。看到珀涅罗珀为难的样子，心疼女儿的伊卡里俄斯没有进一步强求，让她跟奥德修斯走。在女儿走后，伊卡里俄斯把一座忠贞女神像竖在和女儿分手的地方，聊解思女之情。

奥德修斯和珀涅罗珀的幸福生活只过了不到一年，特洛伊战争就爆发了，他一去就是20年。古时交通通讯极其不便，在久别的日子里，谁也不知道奥德修斯是不是还活着，珀涅罗珀的魅力依旧，慢慢地众多求婚者开始上门纠缠。珀涅罗珀是个忠贞的女人，在没有得到丈夫去世的确切消息之前，她坚决拒绝所有的求婚者，千方百计地拖延时间。

求婚大军也打上了持久战，他们干脆在奥德修斯的王宫里住了下来，一面吃吃喝喝一面逼迫珀涅罗珀。这些人表现得越来越傲慢无礼，甚至阴谋杀死奥德修斯的儿子忒勒玛科斯，免得他碍手碍脚。

眼看求婚者越逼越紧，于是珀涅罗珀又想了个缓兵之计，她答应在他们中间挑选一位，但自己要先给公公莱耳忒斯织件寿衣，织完后就在求婚者中选一个。珀涅罗珀白天织布晚上偷偷地拆线，一转眼几年过去了，直到奥德修斯回来，布还没织完，这个故事就是著名的“珀涅罗珀织物”。如今“珀涅罗珀织物”早已经变成了一个常用词，比喻一些一直在做，却又永远做不完的事情。

奥德修斯了解这些事情后，对这些胡作非为的求婚者深恶痛绝，他设计把他们全都杀死了，自己重新登上了王位。

珀涅罗珀和求婚者们

沃特豪斯

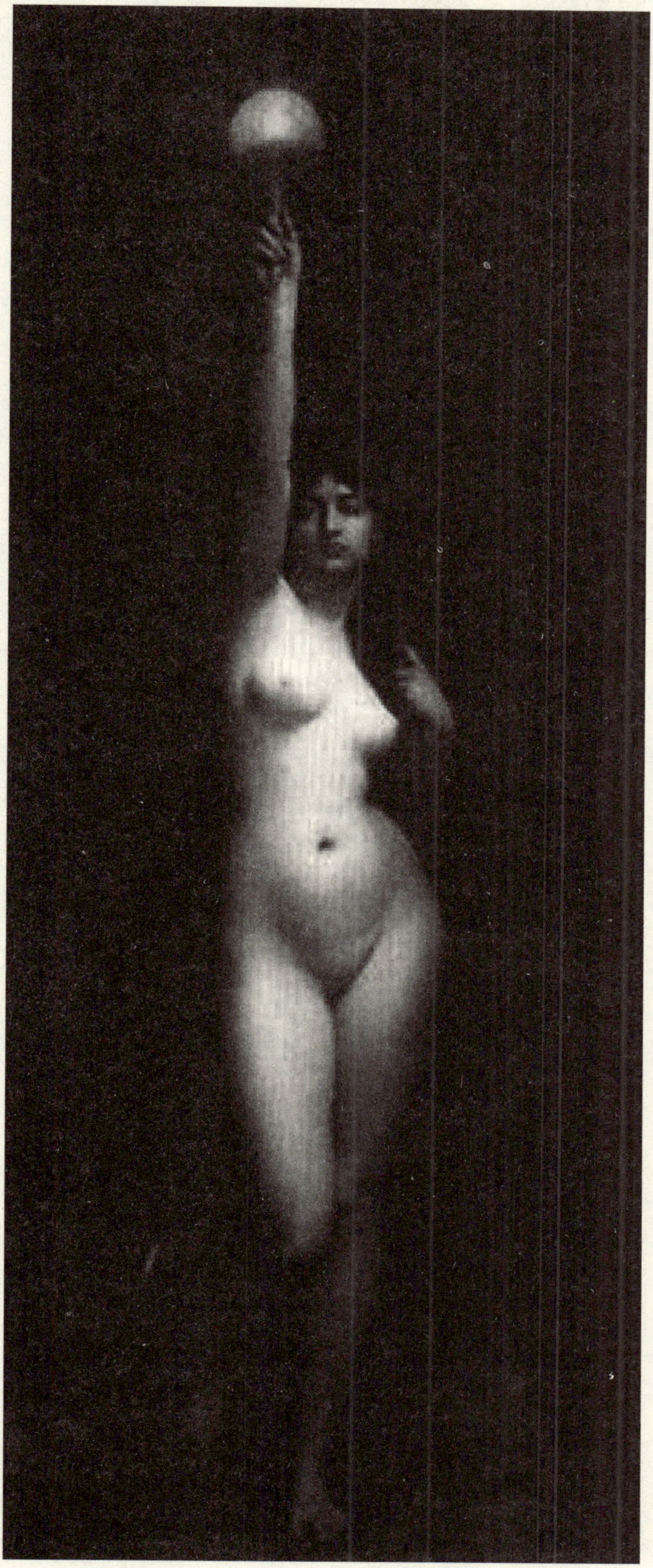

第十天

《伊索寓言》中的希腊诸神故事

《伊索寓言》中有许多则都谈到了希腊众神，不过伊索并不是想讲神话故事，他说的主要是人性。

第一章 赫耳墨斯的故事

赫耳墨斯和雕像者

赫耳墨斯想知道自己在人们心中的地位如何，就化作凡人来到一个雕像者的店里。他看见了“众神之父”宙斯的雕像，就指着问道：“宙斯的像要卖多少钱？”雕像者说：“一个银元。”赫耳墨斯又指着天后赫拉的雕像问道：“这个要多少钱？”雕像者说：“还要贵一点。”

这时赫耳墨斯看见了自己的雕像，他心想自己身为神使，又是商人的庇护神，人们对他一定会更尊重些，雕像的价格自然会卖得贵一些。于是指着自己的像高兴地问道：“那么这个值多少钱?”雕像者回答说：“假如你买了那两个，这个不要钱，白送。”

赫耳墨斯

这个故事讽刺的是那些不自量力或者是过于爱慕虚荣的人。

在西方文学作品中，赫耳墨斯的名字常被用来讽刺那些自视甚高，却不被人重视的人，而“赫耳墨斯的雕像”则常被用来代指“一钱不值的东西”。

卖神像的人

有人雕刻了一个赫耳墨斯的木像拿到市场上去卖，因为始终无人问津，这个人便大声吆喝着招揽生意，说有赐福招财的神像出售。听到他的话，旁边有一个人笑着问道：“喂，朋友，既然这尊神像能赐福招财，你自己应该留着享受它的好处，为什么还要卖掉呢？”这人回答说：“我要的是现在马上能兑现的利益，这神的好处来得太慢。”

有人说这个故事讽刺的是那些不择手段谋利的人，有人说它讽刺的是那些目光短浅、只看眼前的人，其实从另一方面来看，这个卖神像的人做得并没错，人应该有远大的追求，但是很多时候，人也不能够只看将来，更重要的是根据自己的实际情况把握现在。这个做神像的人如果不把产品拿到市场上卖，而全部放在家里等着“招财赐福”，恐怕得活活饿死。

下面这幅图描绘的就是一个年轻的雕刻师正在雕琢赫尔墨斯木雕像，这是早爱比克泰德(Epiktetos)制作的杯子上的图案。

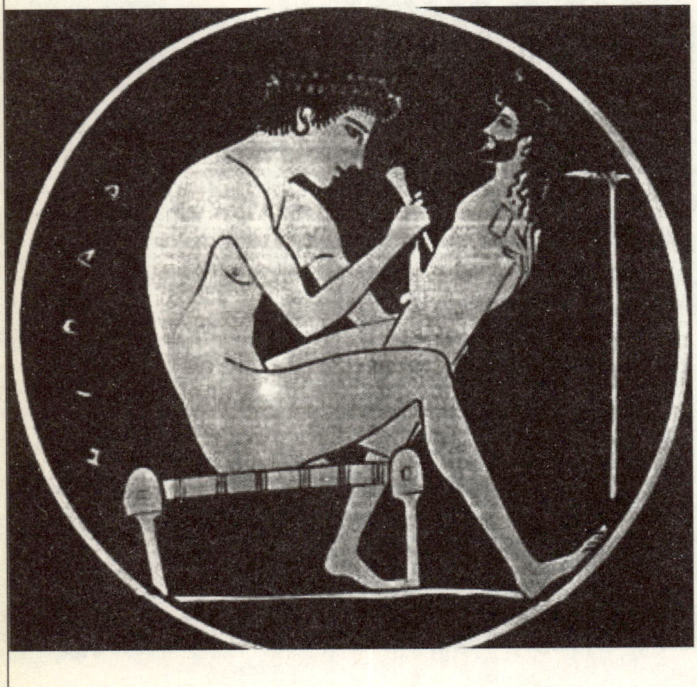

赫耳墨斯神像与木匠

有个很贫穷的木匠家里供奉着一个木雕赫耳墨斯神像，他几乎天天祭拜，希望发大财。然而一天天过去了，一点儿发财的迹象都没有，木匠的日子反而越过越穷，他一气之下把神像从祭台上拿下来使劲往墙上摔去，神像的头被摔断了，里面掉出来许多金子，木匠惊喜万分地拾起神像，摇头叹息道："赫耳墨斯啊，你真是个奇怪的神，我尊敬你、供奉你时，得不到任何好处；把你摔碎，倒使我发了横财。"

这个故事说的是，有些人就是这么敬酒不吃吃罚酒，对这样的人只有采取强硬的对策。我们不妨再把思维开阔一下，我国旧时许多地方建有财神庙，人们常到庙中求神赐福，有文人于一财神庙题了一联，以劝财迷心窍者，联曰：

赫耳墨斯

只有几文钱，你也求，他也求，给谁是好？

不做半点事，朝来拜，夕来拜，教我为难！

上面寓言中说到的这个木匠，差不多就属于“不做半点事”的那种，每天就知道磕头求神。打破赫耳墨斯的神像后没了不劳而获的指望，老老实实地干好自己的本行，钱自然会越赚越多，就算赫耳墨斯的肚里没有金子他也不会吃不上饭。

其实不只是求财，世间很多事情都有个因果关系，就像俗话所说的：“若不与人行方便，念尽弥陀总是空！”

赫耳墨斯与大地之神

宙斯创造了男人和女人后，吩咐赫耳墨斯把他们带到地里去，指点他们开荒种地，生产粮食养活自己。赫耳墨斯奉命而行，但是却遭到大地之神的阻挠，赫耳墨斯说这是宙斯的命令，强迫她接受，最后地神说：“好吧，他们愿意挖就挖吧，反正他们最终是要用眼泪来偿还的。”

我看到的点评说这个故事适用于那些轻易借债，却辛苦偿还的人，不太明白什么意思。

看到这个寓言，我想到了法国画家米勒的名作《拾穗》和《圣经》中的一段话。

对于有些人将《拾穗》解释为对贫苦的控诉，米勒十分反感，他说自己从未想过在绘画中控诉劳动、反叛劳动。而对于那些坐在舒适的房子里，把农村生活描绘成一首轻快的田园诗的画家、作家，米勒更是非常厌恶，他说：

你坐在树阴下纳凉，感觉到人们能享受的最大舒适、最大安静。这时，你看见从一条小路上走出一个背着一大捆木柴的可怜人，这个形象突然出现，立即使人联想起人类可悲的生活条件，自从他来到世上有过什么乐趣？

在耕过的田地上，你看见有人在铲土、在掘地，有时候一个人直起腰来，一边用手背擦掉额头的汗珠，难道这就是某些人企图使你相信的欢乐轻快的劳动吗？然而在我看来，正是在这种劳动中，我们见到真正的人类和伟大的诗篇。

对米勒来说，《拾穗》“拾”的是实实在在的农村生活，而不是作秀，他对画中那个扎蓝头巾农妇的形象曾经作过这样的解释：“我想表现的是这妇人在这一瞬间，她也许感到生活很艰难，不明白是谁安排她们的命运应该如此，因此要无语问苍天。但是在一瞬间之后，她仍要同两个同伴一样，继续低头去拾取地上的麦穗。因为《圣经》上早已记着，人是有原罪的，他们必须汗流满面才得糊口，直到人归了土。”

米勒是一个虔诚的基督教徒，他所说的《圣经》中的这一段许多人都耳熟能详，这是上帝对亚当说的。亚当和夏娃在蛇的诱惑下吃了知善恶树上的果子，被逐出伊甸园，上帝对他说：“你既听从妻子的话，吃了我所吩咐你不可吃的那树上的果子，为了你的缘故，大地必受诅咒。你必须终身劳苦，才能从地里得到吃的。大地必给你长出荆棘和蒺藜来，你也要吃田间的菜蔬。你只有汗流满面才得以糊口，直到你重新归了做你的泥土，因为你本是泥土，仍要归于泥土。”

拾穗
米勒
1857年
布面油彩
84厘米 X 111厘米
现藏巴黎卢浮宫

行人与赫耳墨斯

有个行人经过长途跋涉后十分劳累，他向旅行者的保护神赫耳墨斯祈祷，希望得到他的照顾，这个人发誓说无论自己发现了什么财富，一定将其中的一半献给赫耳墨斯。

走不多远，这个人果然在路边发现了一只鼓鼓的袋子，他很高兴地捡起它，以为里面一定有银子，但当他把袋子里所有的东西都倒出来后，却失望地发现只不过是些杏仁与干枣。这个人便吃了起来，吃完后他把杏仁壳和枣子核都堆放到祭坛上，说道："赫耳墨斯，请接受我所承诺的东西吧！一半儿我吃了，一半儿归你。"

这个故事是说，那些贪心不足的人在要求得不到满足时，连神都要欺骗。它提醒人们，当你看到某些人的期望过高时，千万要小心，特别是在你不能完全满足他们时，所得到的很可能不是感激，而是怨恨。

樵夫与赫耳墨斯

有个樵夫在河边砍柴时，不小心把斧子掉到河里，转眼就沉没不见，他坐在河岸上失声痛哭。赫耳墨斯看到了，觉得他很可怜，走过来问明原因后便下到河里。他先是捞起了一把金斧子，问樵夫："这是不是你掉的？"樵夫摇头说不是。接着赫耳墨斯又捞起一把银斧子问是不是他掉下去的，樵夫仍说不是；赫耳墨斯第三次捞起的正是樵夫掉落的那把斧子，樵夫很高兴地谢了他。赫耳墨斯非常欣赏樵夫的诚实，于是便把金斧子和银斧子都作为礼物送给了他。

樵夫带着三把斧子回到家里，把事情经过详细地告诉了他的朋友们，其中有一个人听了之后十分眼红，决定也去碰碰运气。这个人跑到河边，故意把自己的斧子丢到急流中，然后坐在那儿假装痛哭。没一会儿，赫耳墨斯真的出现了，问明了他痛哭的原因，又像上次那样下河捞起了一把金斧子，问道："是不是这把？"这个人要的就是这个结果，他高兴地说："是的！是的！就是这把。"他那贪婪和不诚实的样子让赫耳墨斯很讨厌，不但没赏给他这把金斧子，就连他自己扔到河里的那把斧子也没捞给他。

这个故事说明，诚实人会得到人们帮助，狡诈的人必遭到人们唾弃。

赫耳墨斯与手艺人

赫耳墨斯是手艺人的保护神，他也是狡诈之神。一天宙斯吩咐他给手艺人身上都撒上一种说谎话的药。赫耳墨斯在每个手艺人身上平均地撒上了这种药粉，最后药仍有很多，却只剩下了皮匠没撒，赫耳墨斯便拿起剩下的药粉全部撒在了皮匠身上。从此以后，手艺人都说谎，尤其以皮匠最为厉害。

这个故事适用于说谎的人。

不知道宙斯的这个决定是为了什么，是让手艺人在残酷的社会竞争中增加一种“生存本领”，还是他讨厌手工业者，所以让每个人都成为“奸商”？现代社会，就像最喜欢“扯皮”的不是皮匠一样，谎说得最有水平的也绝不是手工业者。

赫耳墨斯的车子与亚剌伯人

有一天，赫耳墨斯赶着一辆满载谎言、欺骗、讹诈的车子到世界各地去旅行，每到一处他便将车上所载的东西分给众人。据说当他走到亚剌伯人的国家时，车子突然坏了，亚剌伯人以为车上载着贵重物品，趁机一拥而上抢光了车里的所有东西，于是赫耳墨斯的行程到此结束。

这个故事没啥寓意，只是说亚剌伯人是最会说谎的人，他们的嘴里没有一句真话。不知道这算不算“种族歧视”或者是挖苦诽谤，其实最应该被诅咒的不是亚剌伯人，而是这个载着一车祸害满世界乱跑的赫耳墨斯。

赫耳墨斯与忒瑞西阿斯

有一天，赫耳墨斯想要试验一下忒瑞西阿斯的预言灵不灵，便从牧场偷走了他的两头牛，然后变成凡人的样子，进城去通知他。忒瑞西阿斯得知牛被偷，便带着赫耳墨斯来到牧场，仔细观察现场的情况，他对赫耳墨斯说，如果看见了周围有鸟就赶紧告诉他。

赫耳墨斯觉得很奇怪，但还是按照忒瑞西阿斯的吩咐观察四周，他看见一只鹰从左边飞到右边去，便马上报告他，但忒瑞西阿斯说这和被偷的牛没有关系。赫耳墨斯又看见一只乌鸦飞到了一棵树上，抬头往上看看，又低头往下看看，他又跑去报告忒瑞西阿斯。忒瑞西阿斯笑着看看赫耳墨斯，说道：“这就对了，乌鸦向天神地神发誓说，只要你愿意，我的牛就可以找回来。”

这个故事可以讲给偷窃的人听。

在希腊神话中有很多有预言能力的神，比如普罗米修斯、阿波罗、老海神涅柔斯等等，还有像忒瑞西阿斯这样的凡人先知，他们能预知某些连宙斯都无法知道的未来事件。赫耳墨斯是天下第一神偷，也是小偷的保护神，然而“隔行如隔山”，在预言方面他一窍不通，忒瑞西阿斯轻松识破了他的诡计。从这个故事中，我们是否可以说，不要轻易地挑战那些自己不熟悉的领域？

哲学家、蚂蚁与赫耳墨斯

一个哲学家在海边看见一艘遇难船，船上的水手和乘客全淹死了，于是他便抱怨神明不公平，一个罪恶的人偶尔乘上了这艘船，为了惩罚他，竟让全船无辜的人都悲惨地死去。正当他陷入沉思时，忽然觉得脚上被什么东西咬了一口，低头一看原来自己站在了蚂蚁窝旁，一大群蚂蚁包围住了他，有一只蚂蚁爬到了他脚上咬了他一口。哲学家立刻抬起脚来一通乱踩，把蚂蚁全都踩死了，这时，赫耳墨斯出现了，他用棍子敲打着哲学家说：“为什么要这样对待这些可怜而无辜的蚂蚁？你的行为不是和你报怨的天神一样残忍？”

这个故事是说，人不可苛求别人，因为自己也难免犯同样的错误。

在天神眼里，杀死一个人大概就跟踩死个蚂蚁差不多，这道理或许就是“大鱼吃小鱼，小鱼吃虾米”。

第二章　宙斯的故事

蜜蜂和宙斯

蜜蜂不愿把自己辛苦酿出的蜜给人类，便飞到宙斯面前，请求他给予自己强大的力量，可以用刺把那些企图走近蜂房的人蜇死。宙斯对他们的恶意感到愤慨，于是做了这样的安排：他给了蜜蜂们毒刺，但只要它们蜇了人，刺就会丢失，自己也会因此丧命。

这故事适用于不怀好意、自食恶果的人，害人者终将害己。

蜜蜂和马蜂都有蜇人的刺，保护自己劳动成果的蜜蜂只要蜇了人就会死，而不酿蜜的马蜂却没有这个限制，它们的毒刺简直可以无限次使用，要从这方面说，“劳动人民”真的是可怜！

骆驼与宙斯

牛炫耀自己的角，骆驼见了非常羡慕，也想要两只，于是它到宙斯那里，请求给它头上也加上两只角。和牛相比，骆驼已经有了庞大的身体和强大的力气，竟然还不知足，还想要更多的东西，这让宙斯非常气愤，不但没有让它长角，还把它的耳朵去掉了一截。

这个故事说的是，人们看见别人的东西就眼红，最终却因为贪得无厌，连自己已经拥有的东西也失去了。

“贪心”并不一定就是坏事，关键的问题是要通过自己正当的努力，而不是求人施舍，或者是走歪门邪道来得到。老天爷不怕抱怨，对于只知道抱怨他不公平而没有拼搏观念的人，老天从不会打折给他机会，只有在你付出了足够的努力后，幸运之门才会打开！

宙斯与狐狸

宙斯觉得狐狸非常聪明，于是赐他做了兽类之王，不过宙斯还有些不放心，他想知道随着身份的变化，狐狸贪婪的本性会不会有所收敛。当狐狸坐着轿子走过来时，宙斯扔下来一只屎壳郎，屎壳郎围绕着轿子不停地飞，狐狸再也忍不住了，立即跳下轿子，想捉住它。宙斯看了十分气愤，便将狐狸贬回到原来的地位。

这个故事说明，“江山易改，本性难移”，无论有什么样的包装，人的本性也不会改变。

有句俗话说“穿上龙袍不像太子”，人们总是容易眼红别人的高位，但是有些位子就算给你坐，你也坐不稳。对于狐狸来说，“狐假虎威”恐怕就是它最好的结果。

驴子们求宙斯

驴子们不堪忍受长年辛苦的劳作，一天它们派了代表去宙斯那里，请求为它们减免些痛苦。宙斯知道这是无法改变的，驴子的命运就是这样，便随口说当它们撒尿能成河时，就能免去那些苦难。这是一件不可能的事情，但驴子们认为宙斯决无戏言，它们一直在不断地努力着，直到现在，只要有一头驴撒尿，别的驴看到了也会围过来一起撒，希望能早一天“积尿成河”。

这个故事说的是命运是无法改变的，宙斯这次做了件无厘头的事。

宙斯、赫耳墨斯与人

宙斯创造了人之后，吩咐赫耳墨斯把智慧灌入人们的体内。赫耳墨斯很公平，他给每个人都准备好了相等的智慧，那些身材矮小的人，很快就从头到尾灌满了，成了聪明人；而那些身材高大的，智慧刚刚灌到膝盖就用完了，因此便显得愚蠢。

这个故事适合讽刺那些“四肢发达，头脑简单”的人，或者是讲给一米七以下的人听，给他们些“心理安慰”。

人与宙斯

传说神最先创造的是动物，并赏赐给它们不同的本领，有的是力量，有的是速度，有的是翅膀。而在创造人时，却除了个“裸体”外一无所有，人们很不满意，找到宙斯请求他恩赐一些技能，宙斯笑着说：“难道你们不知道吗？我已经把最好的礼物给了你们，那就是思想，思想无论赋予神或人都是有力的，而且将比所有力量更有力，比最快的速度更快。”人们这才感觉到宙斯赐予自己的礼物是最珍贵的，于是向神明表示敬意，很感激地走了。

这个故事说的是人和动物最大的区别就在于人有思想，无论是速度还是力气都是有限度的，唯独思想的力量是无穷的。

17世纪法国哲人帕斯卡说：“人是一棵会思考的芦苇。”人的生命是脆弱的，而思想不但强大，而且是永恒的。

宙斯与众神

宙斯、普罗米修斯与雅典娜创造万物时，宙斯创造了牛，普罗米修斯创造了人，雅典娜创造了房子，他们决定请莫摩斯来评判自己的作品。莫摩斯很嫉妒他们的创造，便说宙斯把牛眼睛放错了位置，应该放在角上，这样牛就能看见撞到了什么地方。接着，他又说普罗米修斯应该把人的心脏挂在体外，这样每个人心里的想法就能一览无余，坏人就无法伪装。最后，他说雅典娜也错了，她应该把房屋装上轮子，这样如果邻居中有坏人，就可以很容易地搬走。

宙斯对莫摩斯无端的指责十分气愤，把他轰出了奥林匹斯山。

这个故事说明，世界上没有十全十美、完美无缺的东西。

在希腊神话中，莫摩斯是“非难之神”，也是“嘲笑之神”，最拿手的就是冷嘲热讽，鸡蛋里挑骨头，应该说宙斯他们决定请这么一位来做裁判，这才是个最大的错误。

宙斯与善

宙斯把所有的善都密封在一个罐子里，然后交给一个人保存。这个人出于好奇，想要知道罐子里是什么东西，便偷偷地揭开了盖子，于是，所有的善又都飞到众神那里去了。

这个故事说的是，人间所有的善都只不过是对善的希望罢了。

关于善恶，我国的古籍中早就有诸多讨论，《三字经》的首句是“人之初，性本善”，唐诗人杜牧认为人的喜、怒、惧、恶、欲、爱等“七情”中，以爱、怒二者为根本，是与生俱来的，其他五种均属派生。爱、怒如果不能得到节制，就只能造成行为的恶，天生极坏或极善的人是很少的，绝大部分人是两种人格兼而有之，关键看他表现出来的是哪一种。

在《三子言性辩》中，杜牧分析了孟子、荀子、杨子对人的本性的不同看法，“孟子言人性善，荀子言人性恶，杨子言人性善恶混”。杜牧说：“中人可上下者，有爱，拘于礼；有怒，惧于法。世有礼法，其有踰者，不敢恣其情；世无礼法，亦随而炽焉！”

四川丰都阎罗殿有一副对联：

百善孝为先，论心不论事，论事天下无孝子

万恶淫为首，论事不论心，论心天下无完人

丰都阎罗殿题联的上联以国人最为关心的“孝”和最为敏感的“淫”问题为典型来说明动机和效果的关系，强调以孝心论孝子，以行动论品行，既励人为善，又正视人的正常心理及生理需要。

这和王阳明说的“至善只是此心纯乎天理之极便是”一个道理，然而“善”绝非是有一颗善心就完事的，“善”必须化为行动！西方17世纪的哲人说“善意铺成了到地狱之路”，就是说，光是说得好听，有善意无善行，照样下地狱。

宙斯做判官

宙斯命令赫耳墨斯把人间的所有罪恶都记录在贝壳上，然后放到他旁边的箱子里，他将亲自裁决对每个人的惩罚或奖赏。虽然箱子里的贝壳相互混杂在一起，宙斯拿到的顺序有先有后，但总归是要拿到的。

这个故事说的是“善有善报，恶有恶报，不是不报，时候未到”。

宙斯与阿波罗

阿波罗是箭术之神，在这方面他连宙斯也不放在眼里，一天，阿波罗找到宙斯想比试谁射得远，宙斯同意了。阿波罗满满地拉开了弓，一箭射去，几乎看不到踪影了，而宙斯却只迈了一大步就跨到了箭落的地方。

这个故事说的是“强中更有强中手”，阿波罗永远和宙斯差了这么“一步”。

阿波罗

宙斯与乌龟

宙斯结婚那天举行了盛大的宴会，世上所有的动物都来祝贺，只有乌龟缺席。宙斯不知道它为什么不来，第二天见到乌龟时就问它怎么回事，乌龟回答说：“还是家里舒服，我不想离开自己的家。”宙斯很生气，就罚乌龟永远驮着它的家行走。

这个故事说明，再豪华的宴会也没有自己的家舒服。

对于现代人来说，这个故事还有另一层的“现实意义”，那就是领导家里遇到结婚等大事一定要参加，而且要送大礼，不然领导不会罚你背着房子满大街乱跑，但在这个房价突飞猛涨的年代，工资老是不长的话，你很可能会无房可住。

宙斯与蛇

宙斯结婚时，所有的动物都送来了自己认为最好的礼物，蛇嘴里衔着一朵玫瑰花，也爬来送礼。宙斯见了它说：“所有动物的礼物我都可以接受，可是从你嘴里来的东西我是万万不能收的。”

这个故事说明，坏人的恩惠是令人生畏的，要警惕鲜花背后的毒牙。

宙斯与受气的蛇

有条蛇在地上爬时常被人践踏，便跑去向宙斯告状。听了它的诉苦，宙斯说：“你若咬了第一个践踏你的人，就不会再有第二个人敢这样做。”

这个故事说的是，抵抗住第一个侵略者，其他的侵略者就会望而生畏，不敢来犯。

亚里士多德说“优秀是一种习惯”，同样，暴力往往也是一种习惯，所以在事情第一次发生时一定要做出最积极的抵抗。

宙斯和猴子

一天，宙斯通知林中所有的野兽，将在森林中举办一次“最漂亮的孩子”评选活动，他将给评选出来的拥有最漂亮孩子的野兽发奖。猴子妈妈和其他野兽一起来到宙斯那里参加评选，当她把一只扁鼻无毛、相貌丑陋的小猴子给大家看时，立刻引起一阵哄堂大笑。猴妈妈慈爱地抚摸着自己的宝宝，轻轻地说：“我不知道宙斯会不会将奖品给我儿子，但至少有一点我十分清楚，在我看来，我的孩子是最活泼、最可爱、最漂亮的。”

这个故事说的是，不管孩子漂亮还是丑陋，优秀还是平庸，在母亲眼中总是最好的，“上帝无法照顾每一个人，所以他创造了母亲”。

中国有句古话说“子不嫌母丑”，这更多的似乎是一种道德规范，而反过来说，“母不嫌子丑”，却是一种母爱的本能。

众神保护下的树

众神都会选择一些树作为自己的圣树，这些树就在他们的特别保护之下。宙斯选择了橡树，维纳斯选择了桃金娘，阿波罗选择了月桂树，库柏勒选择了松树，赫拉克勒斯选择了白杨树。雅典娜选择了橄榄树，但是她很疑惑，不明白大家为什么都选这些不结果实的树，便询问他们。宙斯回答说：“这也许是因为我们不愿沾那些果实的光。”雅典娜不以为然地说：“谁愿意说什么，就让他说去吧。我认为因为橄榄树有果实，才更显得尊贵。”宙斯听了之后说：“我的女儿啊，你才是真正的聪明。我们所做的一切如果有用，虚荣就是徒然的。”

这个故事说的是虚荣心往往会让人们做出“华而不实”的选择。

橡树与宙斯

橡树找到宙斯抱怨说：“我们生存着毫无意义，所有的植物中我们被砍伐得最多。”宙斯说：“招来不幸的原因全在你们自己，假如你们不能做斧柄，对木匠和农夫都毫无用处，那么斧头也不会来砍你们了。”

这个故事是说，有些人把自己本身所引起的不幸，毫无道理地归咎于神。咱们国家庄子的书中也讲过有几分类似的故事。

第三章 众神的故事

赫拉克勒斯与雅典娜

赫拉克勒斯经过一条狭窄的路时，见到地上有一个很像苹果的东西，他用脚想去踩碎它，一脚下去那东西不但没碎，却反而变大了两倍，于是他更加用力地去踩，甚至用大木棒去打，结果那东西越胀越大，最后把路都堵塞了。赫拉克勒斯扔下木棒，不知所措地站在那里，这时，雅典娜来到他面前，说道："兄弟，住手吧！记住，不要轻易与人争斗和对抗，如果刚才你走你的路，不去理这东西，它就会一直平平安安地摆放在那里，仅只有苹果一样大。而当你与它争斗和对抗，它就会膨胀得巨大。"

这个故事是说，生活中需要和平共处，争斗和对抗往往会带来更大的危害。

赫拉克勒斯与财神

赫拉克勒斯原本是个英雄，当他死后被升为神以后，宙斯特意为他设宴庆贺。宴会上，赫拉克勒斯热情友好地向众神们一一问好，但当财神进来时，他却转过身去，背对着他，并且低下头看地板。宙斯觉得非常奇怪，问他为什么高高兴兴地和众神打招呼，唯独对财神别说招呼了，连看都不愿看一眼。赫拉克勒斯回答说："我不愿看他，是因为在人间，总见到他与坏人在一起。"

这故事说的是"君子爱财，取之有道"，那些靠不义之财发家致富的人是让人鄙视的。

争论神的人

有两个人为忒修斯的能耐大还是赫拉克勒斯的能耐大，争得面红耳赤。两位神知道后都非常生气，于是没收了他们的土地。

这个故事说的是，对主人评头论足会带来坏处。

孔老夫子说过这样一句话，“敬鬼神而远之”，这话说得太对了，就像上面这个故事，这二位跟各自崇敬的神套近乎，结果马屁都拍到了马蹄子上，“土地证”都被吊销了。

黄鼠狼和爱神

黄鼠狼爱上了一个漂亮的年轻人，祈求爱神把它变成一个女人。爱神被它的热情感动，如其所愿把它变成了一个美丽少女。有个年轻人一见就爱上了她，把她带回自己家里。当他们喜气洋洋地进入洞房时，爱神想知道，黄鼠狼变成人形后，她的内心是不是也已经拥有了人性，于是她偷偷把一只老鼠放进了屋子里。看到老鼠，这个女人立刻忘记了自己的身份，从床上跳下来就去追赶，想要吃掉它。爱神见了连连摇头，马上把黄鼠狼又变回原来的模样。

这个故事说的是，改变外在的东西容易，而想从根本上发生质的变化却很难。

供神的人

有人在家里供奉着神，经常不断地把昂贵的物品祭献给他，他的钱财基本上都花在这上面。终于有一天，神在夜里对他说：“喂，朋友，不要再浪费你的钱财了。等到哪天你把钱花光了，变成一无所有的穷人，那时你就会怨恨我。”

这故事是说，许多人由于自己的无知遇到了不幸，却把原因归咎于神。

狼与逃进神庙的小羊

一只小羊被狼追赶，逃进了一个神庙里。狼不敢进，站着外面对小羊喊道，赶快出来吧，否则祭司会抓住你，把你献给神。小羊回答说：“我宁愿被献给神，也比被你吃掉好。”

这个故事说的是，在必须做出选择时，应该选择最有价值的行为。

老人与死神

有个老人砍了不少柴，十分吃力地挑着走了很远的路，他实在走不动了，于是便将担子放下，悲叹自己的命运不好，生不如死。死神听到他的哭诉很快赶来

死神与樵夫

米勒

1859年

了，问他是不是希望结束生的痛苦，老人马上站起来说："尽管我已精疲力竭了，但还是请你把担子放在我肩上吧！"

这个故事说的是"好死不如赖活"，即使生活不幸，但只要还有一线希望，谁都不想死。

法国画家米勒画过一幅名为《死神与樵夫》的画：每天上山砍柴从未偷过懒的老樵夫终于累倒在森林中，他希望一死以逃离残酷的人生。但是当死神真的出现，向他伸出手来的那一瞬间，老樵夫却突然极端恐惧，疯狂地想要挣脱出死亡的命运。他那紧紧护住柴草的双手，表明了对生的强烈眷恋。

孔雀和天后赫拉

孔雀是天后赫拉的宠鸟，一天它对赫拉说夜莺的歌声悠扬、动听，深深地打动了人们的心，大家都十分喜爱她，而自己一开口唱歌，就会遭到众人的嘲笑。赫拉安慰她说："夜莺的歌声确实动听，不过你的外表也是出类拔萃的，脖子上闪耀着绿宝石一样的光辉，开屏时羽毛更是华丽富贵、光彩照人。”孔雀说：“既然在歌唱上我远远不及别人，这种无言的美丽，对我又有什么用呢？”赫拉回答说：“各人有各人的命运，这是由命运之神决定的，你的美丽、老鹰的力量、夜莺的歌声，甚至乌鸦的凶征，都是天生的，所有的鸟类都满意神所赋予他们的东西，为什么你还不满足呢？”

这个故事说的是，世上没有任何事和任何人是十全十美的，每个人都有自己的优点，同时也要接受自己的缺点。

赫拉神像

狮子、普罗米修斯与大象

有只狮子经常抱怨普罗米修斯，因为尽管普罗米修斯把它造得高大威武，又给它的脚趾装上有力的爪子、嘴里安上了锐利牙齿作武器，使它比别的动物更强大，但它仍说："可我还是怕那公鸡。"

普罗米修斯说："你为什么毫无道理地责怪我呢？我给你的长处已经够多了，是你自己的性格太软弱了。"

狮子悲叹不已，也痛恨自己的懦弱，终于有一天它想要去寻死。这时候，它遇见了大象，相互招呼之后，站着聊了起来。狮子看见大象不停地扇动着耳朵，便问："你怎么啦，为什么一刻不停地摇动你的耳朵？"大象回答说："你看见这些嗡嗡直叫的蚊子了吗？如果我不摇动耳朵，它们钻进我的耳朵里，我就完了。"狮子听后，大彻大悟："我干吗去寻死呢？公鸡比蚊子大得多，我也比大象幸福多了！"

这个故事说的是无论多么强大的东西都有弱点，人们要正确看待，而不要过于求全。

普罗米修斯与人

普罗米修斯遵照宙斯的命令，创造了人和动物。宙斯认为动物太多，又命令他做一些比例上的调整。普罗米修斯执行了宙斯的命令，把一些动物改做成了人，不过他们虽然具有人的外形，但内心却仍与动物一样。

这个故事讽刺的是那些人面兽心的家伙。

行人与真理

有个人在荒凉的野外赶路，他看见一个女人眼睛盯着地下，独自站在路旁，便问她："你是谁？"女人说："我是真理。"这个人又问道："你为什么不住在那繁华热闹的城市，而独自在这荒凉的野外呢？"女人答道："很久以前，谬误只在少数人哪里，可是现在你无论到哪里都能看到谬误。"

这个故事是说，当到处都充满谬误时，真理就无处存身了，只好远离人们。

"真理总是掌握在少数人手中"，说这话的人往往很骄傲，然而越来越多的事实证明这话的谬误，总是掌握在少数人手中的绝对不是真理！

真理
朱尔斯•勒菲弗尔（法）
1870年
布面油彩
265厘米 x 112厘米
现藏巴黎奥赛博物馆

还有句话叫“真理总是赤裸裸的”，这话在画家们笔下表现得淋漓尽致。

行人与命运女神

有个行人长途跋涉后，筋疲力尽地倒在井边睡着了。当他差一点掉到井里时，命运女神叫醒了他，说道：“醒醒，朋友，你若掉到井里，一定会责怪我，决不会怨自己疏忽。”

这个故事说的是，许多人把由于自己的原因造成的不幸，常常归之于命运。

宣誓之神

有一个人很信任自己的朋友，将钱寄存在他那里，请他代为保管，没想到有一天他想把钱取走时，这个朋友却想把钱据为己有，一口咬定从没见过这笔钱。他让朋友对神发誓，这个朋友心里有鬼，借故离开家，向城外走去。走到城门口，他看到一个跛脚的人要出城，便问：“你是谁？到哪里去？”那人回答说：“我是宣誓神，到那些不尊敬神的人那里去。”这个朋友又问：“那你多长时间再回到城里来？”宣誓神说：“四十年吧，高兴了就三十年来一次。”

第二天，这个朋友毫不犹豫地跑去宣誓，说从没有代朋友保管钱，话音未落，他惊讶地看见了愤怒的宣誓神。当即将被送到断头台上时，这个人责备宣誓

命运
雷尼
1623年
布面油彩
188厘米 x 155厘米
现藏罗马圣庐卡国家美术馆

神说："你明明说了每三四十年才回来一次，现在却连宽容一天都不肯。"宣誓神回答说："你说得没错，不过你应该清楚，要是有谁惹怒了我，当天我就会赶回来。"

这个故事说的是，对于那些不讲诚信的人，惩罚随时可能到来。

战争与残暴

各路神明都一一抓阄结了婚，剩下的最后一个阄被战争之神抓了去，与他相配的是残暴女神。于是，他们相爱，结为夫妻，从此以后，无论在什么地方，他俩总在一起。

这个故事说的是，无论什么时候，战争总是残暴残忍的。

战争一直是人类社会永恒的主题之一，人类历史上两次世界大战，都发生在20世纪，第一次世界大战死亡1000万人，第二次世界大战死亡5700万人，如果再加上多年局部战争的死亡人数，20世纪死于战争的人数近一个亿！而这些人大部分都是无辜的平民。

战争中创造的"世界纪录"更是让人惨不忍睹，比如两千多年前的秦赵之战，“纸上谈兵”的赵括惨败给秦将白起，赵国降兵四十万被白起一坑活埋，创下人类历史之最！没过多少年报应来了，西楚霸王项羽一次活埋了秦兵二十多万于河南新安城南。

战争的是非功过常常说不清，只可怜了那些个活埋人或被人活埋的小卒。

希罗多德有句名言——“战争是历史之父”。1983年，匈牙利一位人类学家公布了他的统计结果，自“二战”以来的37年里，世界上又爆发了大大小小470余起局部战争，这37年里，没有任何战争的日子只有26天！

前不久瑞士又有人用计算机进行统计，结果是自公元前3200年至公元1964年的5164年间，世界上共发生过14513次战争，这期间，只有329年是和平日子。这些战争共使364亿人死亡，导致财产损失总额高达2150亿万瑞士法郎（一瑞士法郎约合人民币2.5元），这些款项如果折合成黄金，铺一条宽150公里，环绕地球一圈的金带，厚度可达10米！

《战争与和平》是鲁本斯的代表作之一，画面中央的和平女神正将乳汁挤入小财神的口中，象征着只有在和平的环境下，财富才会积累壮大。和平女神前的半人半兽的那位是山林之神潘，他正将满果实的“丰饶之角”交给孩子们。画面的背景是“智慧女神”雅典娜在驱除战神马尔斯，马尔斯似乎心有不甘，回过头看着那一派和平景象。

战争与和平往往就在一念之间，残忍的战神时时刻刻都在寻找战机，和平对于人们是来之不易的，就像人们所说的一样，战争中没有胜利者，所以聪明人从不会主动挑起战争。

战争与和平

鲁本斯

1630年

204厘米 x 298厘米

现藏英国伦敦国家美术馆

附 录

名画雕塑索引

第五天 神的报复

布格罗《林中仙女》/ 003
佚名《被射伤的尼俄柏的女儿》/ 014
斯珂帕斯《保护小女儿的尼俄柏》/ 015

第六天 “百变宙斯”的幸福生活

柯列乔《丽达与天鹅》/ 022
达·芬奇《丽达与天鹅》/ 023
达利《原子丽达》/ 024
莱顿《侍婢》/ 025
莱顿《缠毛线》/ 026
鲁本斯《抢夺留希波斯的女儿们》/ 027
沃特豪斯《达那俄斯诸女向地狱无底水槽注水》/ 032
贾可莫蒂《劫持阿密莫妮》/ 034
真蒂莱斯基《达那厄》/ 036
莫诺《安德洛墨达与怪兽》/ 039
安格尔《珀耳修斯拯救安德洛墨达》/ 040
勒穆瓦纳《珀耳修斯与安德洛墨达》/ 041
焦尔达诺《珀耳修斯将菲纽斯和他的随从变成石头》/ 042
琼斯《美杜莎的头》/ 043
《美杜莎》/ 044
提埃波罗《达那厄》/ 045
提香《达那厄》/ 046

伦勃朗《达那厄》 / 047
克里姆特《达那厄》 / 048
克里姆特《阿德勒•布洛赫鲍尔夫人》 / 049
鲁本斯《银河的起源》 / 052
丁托列托《银河的起源》 / 054
布德尔《拉弓的赫拉克勒斯》 / 056
利西普斯《休息的赫拉克勒斯》 / 057
《赫拉克勒斯杀死九头蛇》 / 059
《赫拉克勒斯驯服克里特公牛》 / 060
波拉尤奥罗《赫拉克勒斯与安泰俄斯》 / 063
《背负苍天的阿特拉斯》 / 065
勒穆瓦纳《赫拉克勒斯与翁法勒》 / 068
莱顿《与死神搏斗的赫拉克勒斯》 / 070
提埃波罗《花神的凯旋》 / 072
《赫耳墨斯杀死百眼怪人》 / 074
柯列乔《宙斯与伊娥》 / 075
夸佩尔《劫持欧罗巴》 / 077
布歇《劫持欧罗巴》 / 078
阿米戈尼《宙斯和卡利斯托》 / 079
安格尔《宙斯和忒提斯》 / 081
Gerard de Lairesse《奥德修斯识破阿喀琉斯》 / 082
普桑《奥德修斯识破阿喀琉斯》 / 083
《阿喀琉斯被浸在冥河中》 / 084
《垂死的阿喀琉斯》 / 085
《宙斯和天后赫拉》 / 086
米隆《掷铁饼者》 / 093

第七天 “太阳神”阿波罗和“月神”狄安娜

提埃波罗《太阳车》/ 099
雷尼《太阳神之车》/ 100
拉福斯《变成向日葵的克吕提厄》/ 101
莱顿《克吕提厄》/ 102
米开朗琪罗《女预言家利比卡》/ 103
所罗门《小埃阿斯劫夺卡珊德拉》/ 105
吉拉尔东《被神女们侍候的阿波罗》/ 108
布歇《日落》/ 115
莫罗《坠落的太阳车》/ 117
佚名《狩猎中的狄安娜》/ 119
皮隆《休憩的狄安娜》/ 121
特里奥松《睡梦中的恩底弥翁》/ 123
《狄安娜与恩底弥翁》/ 124
柯罗《狄安娜与阿克泰翁》/ 126
提香《狄安娜和阿克泰翁》/127
阿尔巴尼《变奏》/ 128
特鲁瓦《阿克泰翁突然出现在狄安娜面前》/ 129
布歇《狄安娜出浴》/ 131
赫尔纳《狄安娜出浴》/ 132

第八天 俄耳甫斯与欧律狄克：人生没有回头路

莫罗《拿着俄耳甫斯头颅的色雷斯姑娘》/ 140

第九天　奥德修斯（尤利西斯）的故事

大卫《帕里斯和海伦的爱情》/ 144
提埃波罗《建造特洛伊木马》/ 145
格列柯《拉奥孔和他的儿子们》/ 146
阿格桑德罗斯等《拉奥孔》/ 147
罗贝尔《拉奥孔的发现》/ 148
提埃波罗《木马计》/ 149
《帕里斯在赫耳托耳训斥下准备上战场》/ 150
雷东《独眼巨人》/ 157
怀特•巴克《喀耳刻的宫殿》/ 158
沃特豪斯《喀耳刻向奥德修斯敬酒》/ 160
沃特豪斯《奥德修斯和塞壬女仙》/ 164
沃特豪斯《奥德修斯与塞壬女仙》/ 165
沃特豪斯《塞壬女仙》/ 166
德沃尔《月光下的海妖》/ 167
沃特豪斯《珀涅罗珀和求婚者们》/ 169

第十天　《伊索寓言》中的希腊诸神故事

《赫耳墨斯》/ 173
《赫耳墨斯》/ 175
米勒《拾穗》/ 177
《阿波罗》/ 184
米勒《死神与樵夫》/ 189
《赫拉神像》/ 190
勒菲弗法《真理》/ 192
雷尼《命运》/ 193
鲁本斯《战争与和平》/ 194